宫本辉
作品集

錦
繡

锦
绣

〔日〕

宫
本
辉

著

张秋明 译

人民文学出版社
PEOPLE'S LITERATURE PUBLISHING HOUSE

著作权合同登记号　图字 01-2022-1386

宫本　辉
锦繡

图书在版编目(CIP)数据

锦绣/(日)宫本辉著；张秋明译.—北京：人
民文学出版社，2023
（宫本辉作品集）
ISBN 978-7-02-017662-5

Ⅰ.①锦…　Ⅱ.①宫…②张…　Ⅲ.①长篇小说-日
本-现代　Ⅳ.①I313.45

中国版本图书馆 CIP 数据核字(2022)第 237104 号

责任编辑　朱卫净　周　展　刘佳俊
装帧设计　李苗苗

出版发行　**人民文学出版社**
社　　址　**北京市朝内大街 166 号**
邮政编码　**100705**

印　　制　凸版艺彩(东莞)印刷有限公司
经　　销　全国新华书店等

字　　数　**99 千字**
开　　本　**787 毫米×1092 毫米　1/32**
印　　张　**5.375**
版　　次　**2023 年 2 月北京第 1 版**
印　　次　**2023 年 2 月第 1 次印刷**

书　　号　**978-7-02-017662-5**
定　　价　**39.00 元**

如有印装质量问题，请与本社图书销售中心调换。电话：010－65233595

宫 本 辉

作 品 集

致　有马靖明先生

前略 ①

我真的难以想象竟然在从藏王大理花公园登上独钴沼泽 ② 的登山缆车上与你再度相逢。因为太过惊讶，抵达独钴沼泽的二十分钟内，我几乎无法言语。

仔细回想，像这样写信给你，已经是十二三年前的事了吧？我以为不会再有相见的机会，却在意料之外与你重逢。看见你迥然不同的容颜与目光，我几经犹豫、深思熟虑之后，还是用尽方法查到了你的住址，寄出了这封信。你尽管取笑我的恣意任性与永远不懂得记取教训的性格吧。

那一天，我一时兴起，在上野车站搭上了新干线列车"翼三号"，因为我想让儿子从藏王山上欣赏星空（我的儿子名叫清高，已经八岁大）。

在缆车中，你大概也发觉了，清高天生是个残障儿，除了下半身不太方便，心智也较同龄小孩落后个两三岁。不

---

① 　日本书信习惯，在信首省略寒暄或季节问候语时所用的起头字。
② 　相传古时曾有恶龙栖居在此。为了镇压恶龙，法师将手中的独钴杵投入沼泽内，因而得名。

知道为什么，他特别喜欢看星星，常常在空气清澄的夜晚走到香枦园家中的庭院，花好几个钟头欣赏星空也毫不厌倦。

在父亲青山的公寓住了两晚，就在返回西宫香枦园的前一个晚上，我随手拿了一本杂志来看，一幅从藏王山上拍摄的夜空照片映入眼帘。美得令人屏息的满天繁星，让我不禁想让出生后从未曾出门远行过的清高也能亲眼看见。

父亲今年七十岁了，每天还是精神抖擞地去上班，一个月里有半数时间必须留在东京的分公司坐镇。诚如你所知道的，青山的公寓依然是他东京的住所。比起十年前，他的头发都白了，也有些驼背，平日分别住在香枦园和青山公寓两地，生活倒也平安愉快。

不料在十月初，公司派车去接他，下阶梯时，他一个不小心踏空，扭伤了脚踝，骨头有些裂缝，内出血很严重，几乎无法行走。于是我带着清高，慌忙搭新干线赶去。父亲一不能行动就容易发脾气，又对照顾他的女佣育子颇多微词，所以打电话叫我过去。

我心想可能会在父亲家待得比较久，只好带着清高同行。幸好父亲只是扭到脚踝，没什么大问题，加上看到了我和外孙的脸，心情一下子便好了起来，居然又担心起香枦园的家，催着我赶紧回去。对于父亲的任性，我是又惊讶又好笑，麻烦育子及冈部秘书好好照顾父亲后，我便带着清高到东京车站搭车回香枦园，就是这样才看见了藏王的观光海报。

正好是红叶季节，满版画面上舒展着色彩缤纷的树枝。对于藏王，我一向只知道它以冬天的树冰闻名；如今驻足在东京车站广场，想象那些即将化成无数树冰的树木，在满天繁星的背景下换上鲜艳的衣裳随风摇曳……毫无来由地，我很想让身体不太自由的儿子欣赏凉爽的高山美景与繁丽的星空。

我将心意告诉了清高，他明亮的眼睛透出高兴的情绪，仿佛在说：我想去、我想去。对我们母子俩而言算是冒险吧。我们走进车站内的旅行社，订购前往山形的车票，预约藏王温泉的旅馆，并要求回程改搭从仙台到大阪的飞机。

没想到机舱客满，得更改行程，必须在藏王或仙台多住一晚。我决定在藏王住两个晚上，然后回上野车站。如果当初只在藏王住一晚，就不会与你重逢了。至今我仍觉得整件事十分不可思议！

山形的天色阴郁。坐在从山形车站开往藏王温泉的出租车里，我眺望着天空，难掩失望的情绪。突然间想到这是我第二次造访东北，想起和你去新婚旅行那年，我们从秋田的田泽湖前往十和田。

那一晚，满溢的温泉像渠水般流进街上的水沟，我们母子住进了硫黄味浓得呛人的温泉区旅馆。乌云遮蔽了夜空，是一个看不见月亮和星星的夜晚。山中的空气清新，加上又是我们母子第一次外出旅行，心情有些兴奋。

隔天一早，天气晴朗，清高挂着拐杖，一副很想快点去搭登山缆车的样子。于是我们用过早餐，没有休息便赶往大理花公园的登山缆车站。在山形这么远的地方，而且是在藏王的山中，在无数来回环绕的缆车里面，我们居然同时搭坐上同一部缆车。光是想象就觉得这样的偶然未免令人惊心！

好几组游客排队等待搭乘缆车，不到两三分钟便轮到我们母子。服务员打开车门，将拄着拐杖的清高抱进车厢，我也坐了进去，这时听见服务员问道："有没有单独的客人要先搭乘呢？"一个穿着淡褐色大衣的男人挤进狭小车厢，坐在我们母子对面的位置上。

车门关上，车厢微微震动后，我才猛然发现那个人就是你。该如何形容当时我的惊讶呢？那时你还没发现我，脖子埋在竖起的大衣领子里，专心地欣赏车窗外的风景。在你视线呆直地看着玻璃窗外的同时，我却是不敢眨眼地注视你的脸。我原是为了欣赏红叶而搭上缆车的，却完全无心浏览林树，反而不断凝视着眼前久别的你。

在那短暂的时间里，我好几次自问自答：这个人真的是我的前夫有马靖明吗？如果真是有马靖明，为什么出现在山形藏王这部登山缆车里呢？我并非对此偶遇感到惊讶，而是因为十年不见，你的模样与我心目中根深蒂固的形象已相差太远。

十年了呀……当时二十五岁的我已经三十五岁，你也三十七岁了。我们彼此都到了外貌明显表露岁月痕迹的年龄。可是你的转变还是过于不寻常，我直觉地感到你的生活一定不太安稳。

我这么说，请你不要生气。现在的我，到底为了什么写这封信，自己也不清楚。我只当作这是最后一封写给你的信，坦诚写下自己的心情。话虽如此，事实上我仍迟疑着是否要将这封信投入邮筒。

终于，你不经意地将视线转向我身上，又转往窗外的景致，然后才吃惊地睁大了眼，再度看着我。就这样，我们四目相对了好长一段时间。我心想应该说些什么，却找不到话语。好不容易我才想到说"好久不见"。"真的是好久不见"，你回答，然后一脸木然地看着清高，问道："你的小孩吗？"我试图镇定，只能强压住颤抖的声音回一句："是的。"火红茂密的叶丛自缆车两侧玻璃窗外流泻而过，倒映在我空虚的眼瞳中。

过去不知多少人问过我，清高是"你的小孩吗"，因为清高很小的时候，除肢体残障外，还有一脸弱智的长相。有些人摆出明显的同情脸色，有些人则故意装得面无表情地问我。遇到这种情况，我总是直视对方的眼睛，昂然挺胸地回答"是的"。然而当你也问我"是你的小孩吗"，我却涌起过去未曾有的羞耻感，彷徨犹疑地轻声作答。

缆车朝着独钻沼泽的出口缓缓攀升。远方逐渐显现朝日连峰绵延的山头，温泉市街的屋顶在眼前的山腰处闪烁。饭店建在距离温泉市街稍远的另一处山坡上，红色屋顶隐现于树梢间。不知为什么，至今我依然清晰记得，在那一瞬间，我联想到镰仓时代的轴画所描绘的地狱之火。或许是因为缆车摇晃之际，内心的不平静与紧张让我的精神陷入了异常状态吧，所以在缆车里的二十分钟，我明明能和你聊许多话题，却一径沉默，光想着什么时候才能早点抵达终点。

就跟十年前与你分手时同一个模式。我们踏上离婚一途之前，应该多加沟通彼此的感受，我们却没这么做。十年前，我固执地不肯要求你说明那件事，你也赌气闭口不谈，完全不做任何辩解。当时二十五岁的我总是无法变得温柔宽容，而二十七岁的你身段也不能放得更低。

树木的枝叶越来越茂密，遮住阳光，缆车里变暗了，你坐在对面，顺着我的肩膀看着前方低喃说："到了。"霎时间，我看见了你脖子右侧的伤痕，我心想，是当时留下的吧，不禁赶紧避开视线。踏上脏灰色的月台，一走进通往独钴沼泽的蜿蜒小路，你立刻说了声"那就再见了"，轻轻点头后便迅速离去。

我将尽可能诚实地写出这封信。在你离去之后，我伫立良久，感觉好像将与你永别，好不容易才忍住想哭的冲动。为什么会有这样的情绪，我也弄不清楚，可是我很想追上你，想问问你现在的生活如何？和我分手后的十年来，你是怎样度过的？要不是清高在我身边，说不定我真的会这么做。

配合清高的步伐，我们慢慢走向通往独钻沼泽的小路。波斯菊枯干残破的花瓣在冷风中摇曳。普通小孩十分钟能到达的路程，清高得花上半小时。不过比起从前已经好太多了。大约是在两年前，他才学会以实际行动表现出自己想要什么。最近养护学校的老师也表示，经由训练和他自己的努力，说不定不久就能像普通人一样正常地生活、工作了！

我们经过沼泽旁边的树丛，穿越洒落叶缝间的阳光，走往通向山顶的缆车站。我眺望山坡，希望能找到你的身影，却遍寻不着。从山顶走向栎树林，来到一处凸出的巨石旁，我让清高坐在石上，两个人眺望周遭的景色许久。天空不见一丝云彩，视线前方有只老鹰盘旋。远方接近日本海处，弥漫着淡紫色的霞雾，霞雾中有连绵的山峰。我告诉清高："那是朝日连峰，最右边突起的高山是鸟海山。"我不时探望沿着藏王另一面山坡而下的登山缆车，期待或许你会坐在里头。

每一次身后的小径响起跫音，我都以为是你而胆怯地回头观望。清高看见老鹰便笑了，看见小得像点一样的登山缆车也笑了，看见下方不知从何处冒起的白烟又笑了。我配合孩子的笑声一同欢笑，内心历历在目的却是十年不见的你的容颜，不断思索：为什么你变得这么多呢？为什么你会来到藏王呢？

大约坐在石头上休息了两个钟头吧，我们决定返回旅馆，先搭乘缆车到独钴沼泽站，再回到之前的登山缆车上。只是这一次车厢内只有我们母子俩，我总算能静下心来欣赏鲜艳的红叶。

红叶并非满山，还混杂着常青树、褐色的叶子、类似银杏树的金黄色叶子。鲜红色的树丛断断续续沿着缆车两侧向后退去，红色的叶片看似燃烧起来了一样，仿佛从上万种无尽的色彩缝隙中喷出一朵朵软绵绵的火焰将我包围，我大为吃惊，不发一语，被这蓊郁树林的配色看呆了眼。

霎时间，我有种看见什么可怕东西的感觉，好像一时之间心中闪过很多事情。或许这样形容太夸张了，仿佛红叶一一经过我眼前时，我不断思考着原本该花好几小时才能想透的事情。

如果我又强调说就像是做梦一样，你肯定会笑我吧。可是我的确沉醉在那片色泽鲜艳的红叶里，同时感觉到有什么可怕的东西有如冷冷的刀锋穿越树林的火焰。可能是因为和你不期然的重逢，再度唤醒了我少女般的空想。

那一夜，我和清高泡过旅馆山岩风格的硫黄温泉澡后，又再次登上了大理花公园看星星。

走在旅馆的人告诉我们的捷径上，以手电筒照射地面，踏上不见其他行人的弯曲坡道。对清高而言，这大概是他有生以来走最多路的一天吧。腋下撑着拐杖的部位发疼，一路上在黑暗中他不断抱怨。但只要我严辞勉励，他就会跟着手电筒的圆形光圈再前进几步。

好不容易抵达大理花公园前，我们气喘吁吁停下脚步，仰望夜空。满天的星斗让我们放松全身的力气，天边闪烁的星星几乎触手可及。坡度斜缓的大理花公园里，夜色遮掩了花的色彩，只透露出黑色的轮廓及幽香，听得见风吹的声音。眼前耸立的群山、登山缆车的车站建筑、支撑电缆的铁柱，全在黑暗中静止不动，上方的天空则横跨着一道灿烂明亮的银河。

我们走到园内正中央，抬头仰望天空，一步步登上大理花公园最高处。我和清高坐在并排的两张长椅上，穿上在山形车站买的防风衣，顶着寒风专心注视宇宙的闪耀。啊！星星看起来多么寂寞呀！星空无止境地延展开来，感觉竟是难以言喻的可怕！

我不禁深深觉得，和你分开十年后突然在这陆奥的深山重逢，竟是多么悲伤的事情。为什么这会是悲伤的事呢？我抬起头眺望星斗，十年前的事就像影片般在脑海重新演了一次，悲伤缓缓涌上心头。

这封信将会写得很长，可能你读到一半就想把这么无聊的信撕烂。但是身为该事件最大受害者的我（你可能会抗议说是你自己吧），当时心里是怎么想的，又是如何理出自己的结论的，我想好好跟你说个明白。其实十年前跟你分手的时候，早就该说清楚，但是我没有。尽管是遥远过去发生的事，现在我还是要写出来。

那一天，通知出事的电话是凌晨五点钟打来的。帮佣的育子摇醒了在二楼卧室睡觉的我。

"靖明先生出事了！"育子说。她的声音颤抖，非比寻常的不安袭上我心头。我在睡衣外面披了件开襟毛衣便冲下楼梯。拿起话筒，听见沉稳厚重的声音问道："这里是警察局，请问您跟有马靖明先生是什么关系？"

"我是他太太。"在寒冷和不安之中，我压抑着颤抖的声音回答。经过一段沉默之后，对方又以公式化的口吻说明："一位被认为是您先生的男性，在岚山的旅馆发生殉情事件。女方已经死亡，您先生或许还有救，目前在医院接受治疗，但情况很危急，请您立刻过来。"

"我先生说他今晚住在京都八神社附近的旅馆……"听我这么说，对方问了旅馆的名称，接着说道："您先生出门时穿着什么样的服装？"我试图回忆印象中的西装颜色、花纹、领带图案。结果对方说："应该是有马靖明先生没错，您还是赶紧来医院一趟吧。"对方说完医院的地址，便挂上了电话。

我不知道如何是好，脚步踉跄地冲进位于隔壁楼栋的父亲卧房。父亲正好也起床了，听了我的说明表示："该不会是恶作剧电话吧？"可是我不认为有人会在严冬的一大早故意打电话来恶作剧。

育子打电话叫车时，门铃响了。我拿起对讲机应答，原来是附近派出所的警察，说是京都警署通知他们出事了，特地前来确认一番。看来不是恶作剧电话，我抓着父亲的睡袍，请他陪我一起去医院。

"真的是殉情吗?"

"听说女方已经死了!"

我和父亲搭乘出租车上了名神高速公路，往京都的方向前进，在车上，我们不断重复这样的对话。因为这不是一般事故，而是我的丈夫跟我不认识的女性一起殉情，更令人怀疑事情的真实性。

事实上，光是"你跟其他女人殉情"这一点就叫我难以置信。我们经历恋爱长跑才结婚，结婚不过两年，正是想生小孩的时候。我始终认为是弄错人了，你应该是因为招待京都的客户到祇园，弄得太晚了所以才住进八神社附近的旅馆。

然而到了岚山的医院，正好看见一名男性从手术室被送往病房，我一眼就认出是你。我找不到适当的言词来形容当时的惊愕与颤栗。精神恍惚的我甚至无法走到接受输血、濒临死亡的你的身边。

等待我们前来的警察在病房外的走廊向我们说明:伤口是水果刀插进脖子和胸口造成的，很深，差一点就伤及颈动脉;因为发现时间稍晚，失血过多，其中一片肺叶已引起气胸;送来医院的时候几乎量不到血压了，呼吸也断断续续，这几个钟头将是关键时刻。

接着医生也出现了，为我们详细说明状况，表示目前还处于危险状态，无法断定是否有救。女方名叫濑尾由加子，二十七岁，是祇园亚尔酒吧的小姐，一样是用水果刀划过脖子，几乎是立即毙命。

警方问了我许多问题，可是我完全想不起自己当时如何回答。不管别人问到什么，要我如何回答你跟濑尾由加子之间的关系呢？父亲打电话到冈部秘书家中，语气沉稳地表示"出事了，请立刻搭我的车子赶到岚山来"，将医院地址告诉冈部秘书后才挂上电话。然后他嘴里衔着没点燃的香烟，凝视我，之后，视线又移至窗外的风景。

不知为什么，我始终清楚记得那一瞬间父亲的面容和医院走廊玻璃窗外的风景。母亲过世时，父亲几乎也是同样的表情，动作木然地将香烟塞进嘴里。当时我十七岁，医生告诉我母亲行将临终的那一瞬间，我注视着坐在母亲枕边的父亲的脸孔。从未表现出英勇或怯弱神色的父亲，竟是一副失魂落魄的样子，从口袋里掏出香烟衔在嘴边。仔细想来，这样的动作太不寻常。而此刻父亲再度表现出母亲临终时同样的神情和动作，呆立在医院的长廊上，目光呆滞地眺望冬日早晨灰青色的天空。

一时之间，我有种不祥的预感，赶紧从皮包中掏出火柴，想帮父亲点烟，或许是因为冻僵了，双手抖动得十分厉害。父亲看着我颤抖的手，悠悠吐出一句话说："死了也无所谓，不是吗？"

但是我没有太多心情想这些。究竟是怎么回事呢？如果是其他意外事故还好，为什么我的丈夫偏偏要跟酒吧小姐一起殉情呢？

　　你在恢复意识前的两天里，曾经两度陷入病危状态，而你展现了让医生也惊讶的坚韧生命力，活转了过来。我想这应该算是极其不可思议的情形吧。后来好不容易才从你口中知道了事情的来龙去脉。

　　殉情其实是对方强逼的。原本企图自杀的濑尾由加子趁你睡着之际，刺伤了你的脖子和胸口，然后才刎颈自尽。为什么会发生这种事？你自己也丝毫摸不着头绪。在医院接受警方问讯时，你不断重复回答"不知道"。警方一开始认为是你安排了这场强迫殉情，但现场状况或验伤结果都澄清了你的嫌疑。并不是你设计让濑尾由加子陪你一起殉情，你反而是毫不知情的可怜受害者！

　　虽然你幸运地保住了性命，事件也圆满解决了，我的心情却难以平复。报上说这是一名建设公司已婚课长的殉情事件。你的出轨造成血光之灾，随之引发的丑闻搞得满城风雨，对一向视你为继承人的父亲而言也是一大打击。

　　你还记得吗？医生通知你还有十天就能出院的那一天，日暖晴好。我大概是拿着你的换洗衣物或半路在河原町百货公司买的葡萄回到你住的医院。

　　我决定在你体力完全恢复之前绝不询问这件事的经过。每次走过长廊，难过与愤怒的激动情绪自然就波涛汹涌，让我很想用力吐出充满气愤、嫉妒和悲伤的言语。

　　可是一走进病房，看见你穿着睡衣、站着面对窗外，完全无视我的到来，依然一语不发地望着外面的景色看得入神，我心想：你究竟要用什么方式向我说明事情的经过呢？伤口几乎愈合了，应该是你打破沉默说明原因的时刻了，不是吗？天气这么好，病房里有暖气，甚至感觉有些热，我想今天的我应该能够冷静地和你说话吧。我把换洗衣物放进床下的收纳盒，故作平淡地问说："你说明一下吧，好让我能接受。"然而说出来的话语完全失去了轻松的意味。

"真是不值得呀，这次的出轨！"话说出口便难以挽回，我这才明白原来自己也是平凡的女人，而且是不谙世事的小女子，"差点连命都丢了，居然还有救，真是不可思议呀。"

你始终不言不语背对着我。如今回想起来，原来当时的我对着你固执的背影说了许多过分的话。由于报章杂志的大肆渲染，父亲每天在公司里都被其他员工当作笑柄，香枦园的帮佣育子在附近走动时也不得不低着头……我终于爆发了，歇斯底里地大哭大叫，而你的沉默更增加了我的愤恨。

"我没有信心跟你一起生活了。"说完之后，我才猛然闭上嘴巴，惊觉我们可能真的走上了分手这条路。出事以来，我虽然愤怒，却从没想过要跟你离婚，只是一心祈祷你能获救、千万别死去，根本无暇想到其他。我心寒地看着你的背影思考：为什么我必须跟你分手呢？为什么事情落到这样的地步呢？为什么我们之间如此平地起波澜呢？

我们是幸福的夫妻，为什么被逼到非分手不可？

你始终紧闭着嘴巴不发一语。就是因为你这种态度，更是火上添油，让我越发生气："你打算一直这样子什么都不说吗？"早春午后的阳光照射在你重伤之后的苍白肌肤上，你的脸就像火炬光辉下的能剧面具，淡然的表情浮现一抹微笑，终于，你回过头开口说："如果我向你说声道歉，你就愿意原谅我吗？"那言语竟是如此高傲！你应该还说了些什么话，至今想起来还令我气愤填膺。

啊，我们都觉得自己的行为太愚蠢。我转述了医生说十天后就能出院的消息，也不进病房坐一下，便立刻回家。

走出医院，在通往大门的柏油路上，正好看见父亲的车子开过来。父亲从车里探出头来，神情有些困惑地看着我。原来他是背着我来医院探病，没想到被我碰个正着，表情显得无奈。父亲本来是要跟你说些什么吧，因为遇到了我而改变心意，反倒催促我赶紧上车。父亲交代司机小堺找个附近的咖啡厅停下来，很疲倦地靠在椅背上，不停玩弄手上的打火机。

"如果以赛马做比喻，就像是两条前腿一块儿骨折的状态。"一坐进咖啡厅，父亲便这么对我说，接着以仿佛责备我打碎茶壶一样的严厉眼光瞪着我。一开始我并不知道他这话并非形容我们夫妻之间的关系，而是比喻你在公司的立场；待我发觉，才意识到事态多严重。身为企业家的父亲，不仅视你为女婿，也把你当作他的继承人一般看待。

我想你应该也很清楚，膝下无子的父亲多么看重你，可以说他是以很强势的态度安排你成为星岛建设的继承人的，当然公司内部也有人试图阻止这种情势。小池副总经理，以及属于小池派的森内、田崎等人，对于你进入星岛建设都没有好脸色。当时父亲估量自己还能继续奋斗十五年，十五年后，自己的女婿也四十二岁了。

星岛建设是父亲一手创立的，随着事业拓展，公司逐渐成为不是他一个人的了。父亲让自己的弟弟担任专务董事，让堂弟担任常务董事，让外甥担任营业本部部长，以自家人巩固公司的势力，却因为有了以铁腕干练闻名的副总经理加入团队，公司气氛为之一变。这一点你应该也很清楚才对。对父亲而言，你是希望之星。

如果你知道当初父亲为独生女挑选丈夫时是多么慎重，你一定会被吓到吧！我也是在和你离婚之后才从别人那里听到的。父亲知道有个名叫有马靖明的青年和他女儿从大学时代便开始交往并有意结婚，便找了征信社彻底调查你的背景，而且一共找了三家！

双亲早逝的你是由伯父抚养长大的，这一点最让父亲担心。三家征信社调查的结果怎样，我从来也没问过父亲，但想来没什么太大问题。实际和你接触之后，父亲也以他独到的眼光来观察你，鉴定你的人品。我曾听见父亲对某人透露过对你的观感："有马靖明有种受人欢迎的特质，算是一个优点。但这种特质是否能成为企业家的优势还很难说。我不单是帮女儿选丈夫，也在选择星岛建设的继承人，所以难以太早下定论。"

我也听过他对某人真情吐露自己是如何难以抉择，这对于一向独断行事的父亲可以说很难得。换句话说，他答应我们的婚事，也代表他下定决心在过世后将星岛建设的棒子交给你。

父亲坐在咖啡厅的椅子上吞云吐雾，说道："男人在外面拈花惹草也不是什么大不了的事。只是出了这种事呀……"接着深深叹了一口气，稍微看了我一眼之后，又重复刚刚说过的马腿骨折、茶壶摔碎的话语。在我耳里听来，像是询问："你们之间确定无法挽回吗？"

那一晚，一名陌生男子到香栌园家中拜访。那时父亲已搭上傍晚的新干线去东京出差了，家中只剩下我和育子。拿起对讲机应答，对方自称是濑尾由加子的父亲。我和育子对看一眼，考虑该不该见对方。毕竟家中只剩女人，又是晚上，并不适合接见陌生男子，更何况对方是过世的濑尾由加子之父，想不出他找我有什么事。

老人（虽然年纪没这么大，但是花白头发配上矮小身材的他显得十分苍老）由育子领进客厅时，不断客气地鞠躬致意，满脸皱纹更加扭曲。他低着头表示："对于这次的事情，实在不知道该说些什么表达歉意才好。"

我也不知道该如何回应，只在嘴里说着："令嫒身故，想必让您十分难过吧。"

我暗自则是担心，会不会因为这件事招惹来不必要的麻烦？及至看见对方纯朴的表情才放下心中大石。老人觉得身为事情女主角的父亲，不能就此若无其事地回去，至少也要表达一句歉意才行。

那一天正好是濑尾由加子满七的日子，老人在京都做完简单的法事后，回故乡之前先来这里拜访。他坐在沙发椅上，一双小眼睛眨了一下之后说："没想到我女儿和有马先生变成这种关系……"他的说法让我有些纳闷，于是反问："您之前就认识有马？"

老人说出了一个令我茫然的事实，原来你和濑尾由加子念初中时有段时间同在一个班级。老人也是最近才想起来的，当初接受警方问讯，他早已忘记这一段往事，根本没有提起。

老人说你母亲过世后，你父亲也接着在你念初中时去世。在大阪生野区的伯伯收养你之前，有一段时间你寄养在舞鹤的亲戚家，大约只有四个月，之后你又回到大阪。这期间你转入舞鹤的中学就读，认识了同班的濑尾由加子。你还去过濑尾由加子的家里一次，濑尾家是卖香烟的。老人还说你和他女儿之间好像有书信往来。由加子从舞鹤的高中毕业后，便到京都的百货公司工作。

"我一直以为她在百货公司上班。居然就这么死了，我真是不明白。连封遗书也没留下来。"由加子的父亲趴在客厅的地板上磕头，嘴里不断赔罪，"破坏了你们的家庭，还让你的先生伤重到几乎丧命，为人父亲的我真是不知该如何道歉才好。"

他一口茶也没喝，身形佝偻地离开之后，我一个人坐在客厅里，久久地发呆，感觉到难以言喻的悲伤。我试着在你和濑尾由加子的关系之间放进"爱情"这两个字。不知为什么，这两个字看起来颜色鲜明，存在感十足地端坐在我的胸口。

我心想：你和濑尾由加子之间并非单纯的男女关系，或许有不容我介入的浓烈爱情吧？这个想法逐渐在我心里膨胀，形成一种确信。原以为只是男女之间的逢场作戏，想不到是强烈到不容他人介入的秘密爱情。那时我才感觉自己心中涌动着难以遏止的嫉妒波涛。一匹赛马摔断了前腿和一个茶壶碎裂的影像逐渐在脑海中成形。的确如父亲所说，事情严重到无法挽回。我呆坐在客厅时，才认清了这个事实。

我心想，必须跟你冷静地商量才行，心中浮现"离婚"的字眼，感到对你的爱情无声无息地消失了，涌起了憎恨的情感。我想到我们在大一那年认识，二十三岁结婚，有过五年的恋爱时光和两年三个月的夫妻生活；我也想到你和濑尾由加子的关系比我们更长久！

为何你和濑尾由加子从初中时代就认识的事，你不仅对我，连对警方也三缄其口？是否其中有什么不可告人的秘密？或许这只是女人的直觉吧。濑尾由加子这个已经死去却连一面也没见过的女子站在我的面前，你站在旁边，还是那副若有所思的模样，带着寒光的表情面对着我。濑尾由加子和你之间深藏着无视我存在的爱情，那爱情浓烈得令人悲哀。

这些听起来都像是我的凭空想象，你读到这里一定觉得很可笑。然而你和濑尾由加子之间的男女关系始终存留在我的心中，不曾消散。

令人意外的是，你竟在出院前一日提出了离婚的要求。"我无法回香栌园和星岛建设了。毕竟还不至于那么不要脸。"你说完笑了一下，低着头第一次对我表示歉意。一如你的个性，道歉的方式也很低调。既然心意已决，倒也显得干净利落。

"前几天，濑尾由加子的父亲来过香栌园的家里，说你和濑尾由加子的交情已经很久了。"我说到一半故意停下来，"说实在的，我应该跟你多要些赡养费才行！"我等着看你有什么反应，"你跟她是在祇园的酒吧认识的？"我假装这么问。你轻轻地点点头，从床上眺望着窗外回答："因为当时喝醉了，不记得是什么情况。人生就是这样，会发生什么，谁也不知道。"我们走到医院的庭院中，漫步在缤纷温暖的春光里。

我对自己会如此冷静而感到讶异，心情平静地望着水的流动。出事之前，你也是一副祥和平稳的模样，究竟是怎么一回事呢？我不禁思考这是不是一场梦？我心想：这个人就要跟我离婚了，还在装蒜说谎，说什么喝醉了！既然这样，我也跟着演戏好了。于是我上前站在披着毛衣的你身旁，并肩走在白杨的枯枝林间。

直到如今我仍常常追悔，当初为什么不问清楚你和濑尾由加子究竟是什么关系。我不明白当时自己的心境，现在回想起来，我对于从恋爱时代到新婚时期一路伴随走来的你和那段岁月，虽然即将面临离婚的命运，却故作镇静。在我的内心深处，一方面对你感到同情，同时又缠绕着超过同情数倍以上的憎恨，这些情感形成强烈的自尊心，让我沉默寡言、面无表情。也可以说，在我心中，早已认定你和濑尾由加子的关系是单纯的萍水相逢的肉体关系；换句话说，我根本不想输给一个死去的陌生女子。

那一天的阳光使人觉得春天就要来了。你提到出院之后将回到伯父家休养，之后便沉默不语。时而甩动手臂，时而停下来深呼吸，时而屈膝伸腿做运动，一副云淡风轻的样子。我则不断想起濑尾由加子父亲无精打采的佝偻身影。

和你在医院中庭分手后，我搭电车到桂，在那里换快车前往梅田。到了梅田之后，本来想走到阪神电车的月台搭车回香栌园，我灵机一动，就直接步行经过御堂筋走到淀屋桥父亲的公司去。坐在总经理室的沙发上，我向父亲说明了你打算离婚的事。父亲只说了一句"是吗"。长长的沉默之后，他从皮夹里掏出一叠钞票放在我面前说："零用钱。爱怎么花就怎么花吧。"说完微微一笑。我将钞票收进皮包的同时，竟像个孩子般放声大哭起来。和你离婚的过程中，那是我第一次哭泣，几乎哭到泪水枯竭。

并非出于悲伤，而是因为感觉今后将发生什么不幸、太过害怕而哭泣。不幸之事并非发生在我身上，而是将发生在你身上，所以让我害怕得受不了。

我混在赶着回家的人群中，再次穿过黄昏的御堂筋踏上归途。低垂着哭泣后的花脸走在路上，我暗自下定决心与你离婚。我觉得就像不愿离开却被迫上了船，眼看着船逐渐远离岸边。一个月后，我在你送来的离婚协议书上签了名、盖了章。

真正想写的并非这些，感觉想写的应该是其他事情。在藏王大理花公园眺望星空的孤寂感让我想提笔，其中当然也包含了十年后不期然相遇的你的侧脸散发出来的落寞所带来的余韵。在登山缆车里的你，的确显得很寂寞。当年身受重伤、躺在医院病床上的你，也没有那样的表情。一种暗沉、疲惫、绝望的气氛浮现在你强烈的目光之中。我十分在意，经过几天的不安之后，终于起了写信给你的念头。

尽管我们之间已经没有任何关系，却也不希望因为离婚带给彼此任何不幸。如果真是这样，决定和你分手的那一天，我坐在父亲公司总经理室所想的事，就不只是单纯的不祥预感了。

我在和你离婚后，有了清高这孩子。当我发现清高有缺陷后，涌生的烦恼与痛苦实在难以言述。看着一岁大还不会坐的儿子，我心想，自己的预感变成了事实，甚至认为是你给我带来了这个残障的孩子。如果不是你出了那件事，我们不会离婚，我不就能够生下你的孩子，一起过着幸福快乐的日子吗？一切都是你的错。在父亲的游说下，我跟大学副教授再婚，生下清高。我常常陷入沉思：生下清高这样的孩子，是不是因为和你离婚后又跟胜沼壮一郎结婚的关系？我是那样憎恨你，肯定你会怪我迁怒别人。可是当时我真的认为我之所以成为清高的母亲，都是因为你对我的不忠和那桩流血事件的牵连所致。

发现自己的孩子是残障的冲击、悲伤和不安的情绪逐渐稳定之后，取而代之的是身为母亲所涌现的爱与斗志，其中隐藏对你憎恨的阴影。对你的思念逐渐在我心中淡薄。

在清高三岁到七岁的四年间，我抱着清高到阪神整肢疗护园康复。每天都很辛苦，一会儿因为他能站起来而哭泣，一会儿因为他能扶着走路而流泪，几乎日日以泪洗面。他的残障程度比较轻微，渐渐地，虽然说不清楚但总算会说话了，撑着拐杖也能行动，于是进入养护学校附设的小学就读。看着自己小孩的未来出现了一线曙光，如今我虽然仍有些不满，但感觉生活还是幸福的。

我绝对不想因为和你离婚就陷入不幸，简直就是凭着一股气坚持到底。我也不希望你因此变得不幸，同样也很意志坚定地为你祈祷。

　　我想这封长信就到此搁笔吧。为什么要写这封信？写了一大堆之后，连我自己也搞不清楚了。只是想到必须让你知道濑尾由加子父亲的那一段往事，于是决定投递。我并不期待你的回信，就当作是相隔十年后，我对我们之间缺乏明确意识的暧昧离婚所做的说明吧。天气严寒，请多加保重。

胜沼亚纪　谨上

一月十六日

　　附记：为了让你一眼就知道是谁寄的信，我用了娘家的名字星岛亚纪。你的住址，我是向资材课的泷口先生请教的，听说你们之后还有往来。

致　胜沼亚纪女士

　　拜复

　　来信收悉。刚读完信时，几乎没有回信的意愿，但是随着时间的推移，我也发觉心中蓄积许多心理层面的事情未曾对你说过，几经犹豫还是提笔。

　　你写到我们的分手是缺乏明确意识的暧昧离婚，我却不这么想。对我而言，我有不得不分手的理由，因为那是我闯的祸。我有了家室，却和其他女人发生关系，甚至闹出那么大的绯闻，造成那么多人的困扰，根本没有辩解的余地。再也没有比这个更加充分的离婚理由了吧？我虽然受了伤，但想来你蒙受的伤害比我要严重得多，我也伤害了你父亲和星岛建设，由我主动提出离婚自是理所当然。

　　离婚的事暂且不谈，这封信我想从濑尾由加子和我的关系写起，我以为这才算是对你的一种礼貌，同时也对长期隐瞒你一事表达歉意。我希望你能理解离婚时我为什么没说清楚——说好听一点，是我不想再伤害你。你不也隐瞒了濑尾由加子的父亲和你见面、说出我的过往一事吗？如果当时你说开了，说不定在那个医院的中庭我也会放下一切，据实以告。然而你选择了沉默。你在信上说是女人的直觉，但在读信人的我看来，却感觉是害怕直指核心的直觉吧！

我和濑尾由加子是在初中二年级相识的。失去双亲的我起初由住在舞鹤的母方亲戚收养。原先这对姓绪方的夫妻因为膝下无子想收养我，但是毕竟我才十四岁，正值难以调教的青春期，彼此又不清楚是否合得来，决定先一起生活一阵子看看情况。在未报户籍的情况下，我被绪方夫妻收养，转学进入当地的初中就读。

这是二十多年前的往事了，我几乎不复记忆自己当时是个怎样的少年、内心的想法如何。至今唯一还印象深刻的，是第一次踏上东舞鹤车站月台时，那种整颗心缩起来的寂寥感受。东舞鹤在我眼里充满了不可思议的幽暗与苍凉，是吹着冰冷海风的穷乡僻壤。

实际上，东舞鹤在京都北端，是个濒临日本海的宁静小镇，冬天下雪，夏天湿热，其他季节几乎成日浓云密布，海风夹尘，游客稀少。我想回大阪去，但是大阪已无我容身之处。

绪方夫妇收养我不久后，似乎也后悔了，互有顾虑的结果，是日子过得紧张拘束。在当地消防署工作的绪方先生为人纯朴老实，土生土长于舞鹤的绪方太太亲切温和，他们尽可能地想帮助我，但是顽固不肯打开心房的我让他们伤透了脑筋。

在学校我也没有朋友。我失去了父母，又是从都市来的沉默少年，班上同学根本不知如何和我交往，就这样，我无法适应学校生活。

与绪方夫妇相处好几个月后，发生了让我心情波动的事情。我喜欢上了同班的女同学，就是那种听说跟某个高中男生交往、已经有异性关系、有些不良帮派为她争风吃醋等传言很多的女学生。在舞鹤短暂的生活之中，我唯一记忆鲜明的经验就是爱上了少女濑尾由加子。

窝在绪方夫妇让我居住的三坪①大的房间里，我写了好几封绝对不敢寄给濑尾由加子的信。写好的信装入信封，藏在书桌抽屉底下两三天后，再拿到屋后的空地烧掉。如今回想起来，我对濑尾由加子的情思，不单是青春期少年的淡淡爱慕，而是更加疯狂激烈的爱恋。以我当时所处的环境来看，或许那只是我排遣寂寞的途径也不一定。

然而我只要躲在远处偷看她的脸庞、动作，就能满足，从不想做些什么来表达自己的情意。尽管我的热情是那么真切，但毕竟还只是个十四岁的小男生。

比起同年纪的女孩，濑尾由加子不论是说话谈笑的表情，还是走路的姿态，都显得亮丽极了。也可能是舞鹤这个人烟稀少的海边小镇让她的传闻增添了神秘蛊魅的气息。每次听到有关濑尾由加子的绯闻，便会加深我对她的爱慕，

---

① 1 坪约为 3.31 平方米。

甚至让我觉得那种飘散着罪恶的绯闻是如此适合她，她在我眼中总是华丽美艳的形象。

十一月上旬的某日，舞鹤吹着特有的刺骨寒风（你或许会笑我究竟想写些什么，但是每次我想起濑尾由加子在岚山旅馆自尽一事，总会忆起二十几年前出事那天的强烈感受）。

放学后，我离开家走向港口。我不记得为什么要往那里去。

崎岖交错的舞鹤湾东边就是舞鹤东港，每天总有几艘小渔船系岸停泊。肮脏污秽的防波堤蜿蜒相连，海边传来海鸟的鸣叫和柴油船的引擎声。我靠在防波堤上凝视着海港景色。

当时的我一看见海就想着：多么孤寂的海呀，真想回大阪去！一看见天空就觉得：多么阴暗的天空呀，真想念过世的父母。那一天也是这样，我看着港口平静的波浪，一心思索该如何回到大阪。

人真是奇怪的动物，再怎么遥远的往事，往往只清楚地记住无聊的细节。我还记得当时一个用布巾包住脸的女子骑着单车，载着一个嚎哭的幼儿经过我背后。我和嚎哭的幼儿曾经四眼相对，那孩子湿润的眼睛至今还深深留在我的记忆中。

随着孩子的哭声远去，我手撑着防波堤，面对港口，竟看见了穿着水兵服式的女学生制服的濑尾由加子，她一副若有所思的神色慢慢踱过来，因为我挡住她的去路而讶异地停下脚步，杏眼圆睁，看着为这意外巧遇而惊慌的我。

我们虽然同班，却从来没说过话。她问我在这里干什么？我嗫嚅吞吐地回答后，她想了一下又问我要不要一起去搭船。我问："搭船去哪里？"她看着停泊的渔船回答："就在海湾中转转，一会儿就回来了。"接着走向渔船系岸处，喃喃自语地说："只是不知道带同伴去，人家给不给搭船。"我跟在她后面，心想八成是她自己不想搭船吧。我有种即将遇上麻烦的不祥预感，犹豫不决，又不舍得就此离去，只好在海风中跟着前进。

一艘名为"大杉丸"的船上站着一名年轻男子，一看见由加子便笑着挥手，看见跟在后面的我，眼色凌厉起来。对方头发短得几乎是光头，起初我还以为是个高中生，但仔细一看又像是二十二三岁的青年。

由加子站在码头抬眼看着男子，介绍我是从大阪转学过来的同学，因为想要搭船就一起来了。男人打量我一眼，轻轻点头后便走进小小的船舱发动引擎，催促我们赶紧上船。

船甫离开码头，男人便大声地问我会不会游泳。我回答"会游一点"，男人立即从船舱走出来，一把抓住我的领子，把我丢进了海里。我浮在海面上看着渔船，正好看见由加子尾随我之后，穿着女学生制服也跳进海水中。男人不知大叫些什么，我们则是拼命游往码头。我爬上码头，拉由加子上岸，因害怕男人追上来，两个人一身淋漓地跑了一会儿才停下来。但是船就那样子离开了港口，没有折返的迹象。

游泳的过程中，鞋子掉落在大海里，我和由加子全身湿透，只穿着袜子站在海边。由加子叫住我，跑上前来抓着我的手，不断道歉说"对不起、对不起"，然后突然高声大笑，笑声诡异得让我不禁茫然地注视她。如落汤鸡般的她抓着我的手，扭着身子笑个不停。笑了一阵子后，由加子邀我到她家去。

十一月的舞鹤海水冰冷，我的身体冷得颤抖不停，她劝我到她家换上她哥哥的衣物。我们从港口跑步进入小镇，在路上行人的注视下赶忙回到由加子的家中。

由加子的家位于离绪方家较远的小镇外围，有许多晒鱼工厂林立。说是晒鱼工厂，其实不过是石棉瓦黑色屋顶及墙壁搭成的建筑物，一靠近便腥味扑鼻，成群的野狗在堆积的箱子附近徘徊。

挂着香烟铺招牌的两层楼小屋是由加子的家。她母亲坐在店门口，一看见我们就吃惊地叫了出来。由加子说我们在码头玩，一不小心落了海，要母亲拿出哥哥的衣服给我。趁着由加子在二楼换衣服，我在紧邻厨房的木板隔间里脱下湿衣服、内裤，擦干身体，穿上她母亲拿给我的男生衣物，衣物沾满了樟脑丸的气味。由加子的哥哥那一年从当地高中毕业后，便到大阪的汽车工厂就职。我听说她只有一个哥哥，却从来没见过。

换好衣服的由加子从二楼呼唤我，我便爬上楼梯。穿红色毛衣的由加子拿毛巾擦拭头发，电暖炉放在房间正中央，对我说"别着凉了，快来烤暖"。她母亲为我们泡好热茶，我坐在由加子和电暖炉之间，静静地喝着热茶。

由加子的书桌上摆设着台灯、小木盒、陶制娃娃，至今我仍觉得那些摆设充满了少女气息。一种和她的传闻相差十万八千里的清纯乖巧气氛充斥在那个三坪大的房间里。由加子那一头被海水濡湿、闪着黑色亮泽的及肩长发，电暖炉烤红的双颊，则散发出带着幽暗的女性风情。在我眼里，她就像一个刚洗完澡、正在擦干头发的成熟女子一样，若有所思，悠悠静坐。不，这不应该说是我当时看到的印象，而是如今我写着这封信，试图描绘二十几年前还是初中生的濑尾由加子模样，我写出了此刻内心的感觉才对。

我问她："为什么跳进海里？"她淘气地微微一笑回答："我才不想跟那家伙单独在一起呢。"我追问："既然不想跟那家伙单独在一起，又为什么搭他的船呢？"她带着好胜的眼光瞪着我，不发一语，然后告诉我，如果不答应，对方就会纠缠不放，之前他几番在学校门口等她下课，死皮赖脸地再三邀约。我又问，关于她的那些绯闻都是真的吗？她说有的是真的，也有的不是，还要求我今天发生的事千万不能告诉任何人。

小小电暖炉的热度温暖了额头、脸颊、手心，我的身体不再颤抖，轻松舒适的感觉油然而生，竟顿生错觉，觉得和由加子就像是青梅竹马。于是口气严厉地责问她："有那种绯闻都怪你自己不小心，下意识表现出招惹男人的媚态所致。"她语气强烈地反驳："人家才没有！"她咬着下唇、杏眼圆睁，久久瞪着我，眼神显得哀怨，更加衬托出她的美丽。看着这样的她，我又陷入了惯常的寂寥感觉当中。濑尾由加子这个少女所散发出的奇妙幽暗，与里日本偏僻渔港的氛围是同一性质的。

我对由加子诉说自己多么讨厌舞鹤这小镇、多么想回大阪去。夜幕低垂，房里一片阴暗，只见电暖炉的红色散热涡旋。写到这里，彼时情景又历历浮现脑海，仿佛只是昨日。过去我始终将那段时光当作幻想或是如梦幻影的回忆藏在心中，就算长大成人、到社会做事、和你结婚之后，也常常沉浸在那段回忆里。

她伸出双手，捧着我的脸颊，镇定地将额头靠上来，维持那样的姿势凝视我的眼睛，终于忍不住偷笑起来。再怎么说，那都不该是十四岁少女的举止。一时的惊讶过去后，我依然陶醉其中。她低语表示很早以前就对我有意，现在更是完全喜欢上我了，与我耳鬓厮磨，慢慢凑上嘴唇。

如今回想起来，十四岁就能毫不犹豫地对男生这么做，只能说是濑尾由加子这个人天生的"业"吧。我不清楚"业"这个字眼有什么深刻的意义，但是每次一想起由加子，这个字眼总在我心中回荡出最适当的音韵！

听见有人上楼的声音，我们赶紧放开对方。是由加子的父亲下班回家，正爬上二楼。当时由加子的父亲一边经营香烟铺，一边到小镇的水产品加工厂上班。

由加子向父亲介绍我，说明我父母双亡、因为到绪方家当养子而来到小镇的现况，说话的样子完全是一副跟父亲撒娇的女儿样态，显得天真无邪；刚刚那个跟我耳鬓厮磨、甜言蜜语的女人形象荡然无存。我拿起裹在包巾里的湿制服和内衣裤，告辞而去。由加子送我到晒鱼工厂前，好像什么事都没发生过一样地对我说再见。

住在舞鹤，和濑尾由加子的交往就只有那么一次。我穿着过大的衣服，抱着布包裹回到绪方家，住在大阪生野区的伯伯已坐在家中等我。他似乎跟绪方夫妇商量好了，来到舞鹤准备接我过去同住。伯伯说："由于绪方夫妇的强烈要求才让你来到舞鹤，但照理说还是该由我们照顾你才对。今后的日子，你还是在大阪生活比较好吧。我们家并不富裕，但只要你愿意，我愿意在你长大成人之前代替你父亲照顾你。"伯伯这般劝我一起回大阪。其实还没等我答应，他们早已决定了一切。

能回大阪，我自然很高兴，又觉得当场答应对绪方夫妇过意不去，于是我说让我考虑一下，便回二楼自己的房间。我的身上还留着由加子的气息，心情有些复杂地靠在墙壁上。由加子那句"今天真的是喜欢上你了"，动摇了我强烈想回大阪的决心。但毕竟我只有十四岁，绪方夫妇早看穿我的心思，我想我只能跟着伯伯一起回去吧。

那一夜，我和伯伯到初中导师家拜访，说明虽然有些匆促，但尽可能还是希望第二天就离开舞鹤的原委。隔天一早我拿着昨天借穿回来的由加子哥哥的衣物到她家去，却迟了一步，由加子已经出门上学了。我简短地向由加子父亲说明了情况，要了她家地址后，就跑回伯伯等我的地方。火车的时刻紧迫，匆忙之际我还来不及与同学或由加子告别，就离开了舞鹤，回到大阪。

我在大阪伯伯家一安定，就立刻写信给她。信的内容我已不复记忆，但由加子很快回了信。我大约是一个月写一封信给舞鹤的由加子，但是由加子回过两三次信便音讯杳然。接着我也进入高中就读。

有时我疯狂地在心中描绘由加子的脸庞，也曾好几次想冲到舞鹤见她一面。面对自己热烈的情思，我还是选择了写信给她。我觉得不再回信的由加子已成为遥不可及的存在，她那天在自己房间的举动，不过是一时兴起罢了。或许就读舞鹤当地高中的她，依然绯闻缠身，早忘了我的存在。我这样告诉自己，用功读书准备大学入学考试。看起来我几乎完全忘记了她，但偶尔在不经意间，那个傍晚时分的二楼房间里，她垂肩长发濡湿的姿势、轻轻地笑、在我耳边低喃的画面，总会突然滑过心头。

进入大学的第三年，我认识了你。一如结婚之后，你总是经常开玩笑地要我亲口说出一样，我对一个和一群同班同学坐在校园草地上舔冰激凌的女学生动心了。这个故事我说都说烦了，而今听来更像是个笑话，但容我再重复一次，我是真的对你一见钟情。为了吸引你的注意，我用尽各种手段。在我心中已不见濑尾由加子的身影，出身良好、活泼可爱的你完全取代了她——然而后来我才意识到，由加子其实依然留存在我内心深处。

大约是在和你结婚、进入星岛建设工作一年后，某家机械厂商要到舞鹤盖工厂，要求我们和当地的建筑公司一起承包业务。为了视察现场，我和业主、设计课负责人一起到舞鹤出差。十几年来，我未曾旧地重游的舞鹤。

工作一结束，我们住进车站附近的旅馆，提早用完晚餐。我很想看看怀念的舞鹤小镇及港口，一个人走出旅馆，先往绪方家走去。在那两年前，绪方先生过世了，留下妻子一个人生活。不巧她外出了，家里没人在，我只好转往港口，顿时想起，不知道由加子怎么样了？或许结了婚、为人母了吧。我的脚步很自然地往位于小镇外围、由加子家的方向移动。

舞鹤镇已完全改观，晒鱼工厂变成大型水产品加工厂，但濑尾香烟铺还是跟十几年前一样留在原地。上了岁数的由加子母亲坐在店门口。我本想买香烟，顺便偷窥一下屋内，结果索性开口报上自己姓名，提起自己初中时和她女儿同班，曾经跌落海里、浑身湿淋淋地来她家里换衣服的事，并问候由加子是否安好。

由加子母亲想了一会儿，才逐渐想起，反问我是不是那个回去大阪之后还常常写信来的人？听见我回答是，她母亲露出怀念的神情，特意走到门口与我寒暄。"由加子目前在京都河原町的百货公司上班。应该是在寝具卖场，下次有空去京都，请务必绕过去看看她。"我说："我以为她结婚当妈妈了。"她母亲笑说："由加子根本不听父母的话，还是很贪玩。如果有好的人家，不要忘记帮忙介绍呀。"

我穿越日落的舞鹤小镇来到港口，靠在防波堤上，眺望海湾沿岸点点明灭的灯火。这时我才发觉，原来我心中对由加子的回忆只不过是任何人对昔日过往都有的单纯感伤而已！啊，真是令人怀念。我在这里和由加子偶遇，然后遭陌生男子丢进海里。当时我的父母双亡，因被绪方夫妇收养来到了舞鹤，内心充满寂寞和不安，根本不知道自己的心里在想些什么。而濑尾由加子是个多么奇妙的少女呀。我站在不断拍打于身上的海风中思索过往，那一瞬间，由加子的少女亡灵便从我心中倏然消逝，真正从我心中消失了，那感受清清楚楚。我觉得很轻松，吸了好几根烟，慢慢地踱回车站前的旅馆。

之后过了几周，在一个下雨的日子，我坐公司的车前往京都圆山公园附近的医院，探望一位担任业务部长的客户。

我让车子停在河原町十字路口附近，走进百货公司买礼盒。在水果摊位前等待包装哈密瓜时，忽然想起由加子在这家百货公司的寝具卖场工作，心情不禁有些波动（或许你会觉得：结婚还不到一年，居然就动起心思了？但请理解这就是男人呀）。我直接前往六楼的寝具卖场。我并不打算跟由加子说话，只是单纯地想看看她，看看她变成了什么样的女人。

我在寝具卖场徘徊，偷偷观察女店员的长相，却没发现貌似由加子的女人。每个人都身穿制服、胸前挂着名牌，看不到姓濑尾的店员。有时我会想，如果当时就那么回去，人生或许就不一样了，人生就像个难以抗衡的陷阱啊。

我问卖场一名女店员："这里是不是有位濑尾由加子小姐？"那名女店员打开卖场后面的小门大声呼喊："濑尾，有客人找你！"我根本来不及制止。由加子立即来到卖场，一脸讶异地站在我面前。我反而不知道该说些什么，进退两难地杵在那里。

我报上自己的姓名，观察由加子的表情。她一副疑惑的神情回瞪着我，我赶紧将几周前在舞鹤对她母亲说的话又重复一次，说明今天正好经过，所以试着走进来打声招呼。

她终于想起了我。一想起是我，她的表情变成了十几年前少女般清新的笑容。穿着百货公司制服的由加子，长相比我想象的要朴素许多，然而睁大杏眼一笑，又恢复了过去招惹诸多绯闻的华丽风貌。的确，她就是由加子，只是现在的她似乎有些松垮，却又没有成熟女子惯有的粗鄙，容貌依然清纯，让我有些意外和错愕。

她看着我，感觉十分怀念，于是提议："两个人站在这里说话很奇怪，不如到百货公司旁边的咖啡厅坐坐。我可以稍微离开三十分钟。"一旦在咖啡厅面对面坐着，我们又不知道该聊些什么了。我漫无边际地重述关于舞鹤的回忆。话题结束，她忽然冒出一句："我马上就要辞掉这儿的工作了。"我问："辞了工作后要做什么？""我之前在祇园的酒吧兼职。考虑了很久，决定以那里的工作为正职。"她从制服口袋里掏出酒吧的火柴盒放在我手上。"那我考虑今后多利用祇园的酒吧接待客户。"听我这么说，她笑着接话："那就一定要到我店里来。"因为车子在外面等，那一天就这样跟她分开了。一个月后，我带着重要客户到由加子上班的亚尔酒吧去了。

原先我打算毫无保留地写出我与濑尾由加子之间的关系，只是再写下去，这封信恐怕比你的来信还要冗长。况且洋洋洒洒写了一堆，再继续写总觉得烦闷了起来。想想不写也无所谓了。

之后我和由加子之间就像四处可见的男女情事一样，随你想象，不再赘述。

为什么由加子要自杀？为什么她会拿刀刺杀我？仔细思考一下，我想应该没有必要对你说明详情。至于是否如你所说的，我和由加子之间其实存在着不容他人介入、充满秘密的浓烈爱情存在？事到如今也只能说就像一场暧昧模糊、似有若无的梦境吧。

浓烈的是在舞鹤的少年时代，相隔十几年和由加子重逢之后，充满我内心的是蠢蠢欲动的肉欲。对于带给你的悲叹、带给你的痛苦、对你的背叛，我衷心表示歉意。写到这里，我觉得疲惫不堪。最后祝福你的家人幸福，就此搁笔。

有马靖明　草字

三月六日

致　有马靖明先生

拜启

庭院中种植多年的金合欢，今年又开满了细小的黄色花朵。

我喜欢那粉状花朵，拿着剪刀想剪一枝适合的树枝来插花，才稍微一触碰，花朵便纷纷散落。轻轻捧着剪下来的树枝走回房间，却因为一路的落英缤纷，赶紧停下脚步。每次捧着切枝的金合欢，我总会有一种难以言喻的无奈悲伤的奇妙心情。因为没期待你会回信，手上拿着你寄来的厚实信件，内心不禁激动，反而有种害怕打开信封的心情。

读完你的信，那种看着金合欢一路落英缤纷的心痛再度涌上心头。没想到你会写出这么浪漫的信，感觉写信的人不是有马靖明，而是另有他人，我的心情又变得无奈悲伤起来。

究竟你在这封信中要告诉我什么？我从信中又能知道些什么？你高高兴兴地弹起了前奏曲，却在真正的旋律要开始的时刻，突然喊说累了，砰的一声阖上钢琴盖。那一曲曼妙的前奏曲竟像是用来取笑人似的。

我并非希望收到回信才寄出第一封信，如今收到回信，反而有种消化不良的感觉。对于你和濑尾由加子关系的始末，我很想知道。为什么濑尾由加子要自杀？为什么她要找你一起殉情？现在的我心中盈满想知道的情绪。我有知道真相的权利。过去我从没这么想过，直到读了你浪漫的初恋故事，不禁又涌现了这种心情。

我还想知道其他事情：你为什么去藏王呢？你现在过着怎样的生活？这些我都想知道。或许一开始我就是想知道这些才寄出第一封信的吧。看来，你寄来的这封意料之外的回信唤醒了我沉睡的记忆。

我们分开十年了，彼此已经没有任何联系，但是读了你浪漫的往事，就忍不住想知道故事的始末。可否写下你和濑尾由加子在京都的百货公司重逢后，为什么最后会走进岚山旅馆的经过？或许记上这笔多余，我先生这个月底到美国待三个月，他将在那里的大学教授东洋史课程。

胜沼亚纪　谨上
三月二十日

致　胜沼亚纪女士

　　前略

　　来信收悉。也难怪你生气，寄出信后，我也有些自我厌恶起来。好一把年纪了，尽写些撒娇的内容，好几天我都在羞耻和不屑的烦躁情绪中度过，所以我已经没有心绪继续与你通信了。

　　老实说，收到来信将成为我的困扰。我认为自己没有义务写出跟由加子之间关系的始末，我根本不想惹这个麻烦。我们之间的书信往来就到此为止吧。

有马靖明　草字

四月二日

致　有马靖明先生

拜启

进入恼人的梅雨季节了，你过得可安好？收到那封要我别再写信的来函不过才两个月，几经犹豫迷惘，我还是不死心地又提起笔。这次恐怕你还未展阅就会把信撕烂丢弃吧？你可能会想：到底这女人要写信纠缠到什么时候？我自己也不知道为何这么想写信给你，写了信到底能得到什么呢？我真的不知道。即使如此，我还是想让你知道我内心深处的秘密，这种心绪竟不可思议地难以压抑、平复。

通过写信给你，或许让自己又回到了十年前离婚不久后的心态吧。你尽管笑我是个愚蠢的女人吧。我也知道此举增加了你的困扰，也做了你可能不会读信的心理准备，但还是试着提笔写信。因为对我而言，从前只有你是唯一能够一句话都不说而接受我乱发牢骚、任性要赖的人。有一本书提到，女人最大的恶行就是发牢骚和嫉妒心。如果这些是女人的本性，我当然也有想将堆积在心中的牢骚和嫉妒一吐为快的时候。

自从你出事以来，我的心中堆满了不能对他人诉说的苦闷，有时我都怀疑自己会不会因此人格分裂。我对你还有许多疑问，就算石沉大海也无所谓。也许对方是块木板或是个单纯的洞穴都好，什么回应都没有的话，说不定对我反而更好。

父亲对我提起再婚一事，是在我们分手后的一年左右。那时我几乎都窝在香栌园的家中，连到附近市场买东西也完全仰赖育子。常常待在丈夫已离去、只剩下我一个人住的二楼卧室，坐在面对庭院的窗户边，目光时不时地落在根本无心读完的外国长篇推理小说上，有时听着你没带走的唱片，或是趴靠在床边听时钟的声音，成日无所事事。

你还记得阪神电车站到家里这段路旁有条小河吗？大约是和你正式离婚后的两个月，河边的玉川书店关闭，换成一家"莫扎特"咖啡厅。听育子说，咖啡厅由一对年纪约六十岁的夫妇经营，店里除了莫扎特的曲子，绝不播放其他音乐。她还殷勤地劝我，散步之余，不妨去那家店喝杯咖啡。

那是梅雨结束、阳光强烈的某日，路上遇见两个见过面的主妇，我只是轻轻点头致意，完全无视对方似乎还有什么话要说，继续走在日光绚烂的马路上。当时我很想见你。日晒的热气让我的额头和背后沁出了汗水，感觉有些晕眩。好几次我都想去见你，别人的看法管他怎样！什么粉碎的茶壶，究竟有什么意义嘛！我如果能成为更大方的女人就好了，这样我就能原谅你。丈夫移情别恋爱上其他女人这种事，不是司空见惯的吗？我却做出了无法挽回的决定。啊，该怎么做才能让你回来呢？我在散步途中思索这些事情，暗地里埋怨起让我们分手的父亲，同时对未曾谋面且已不在人世的濑尾由加子生出令全身热血沸腾的憎恨！

"莫扎特"咖啡厅的造型一如避暑胜地常见的民宿，外观和内部装潢强调褐色木纹，简直像是盖了一座森林小木屋。屋顶上故意露出的梁木采用未加工的粗大树干，手工拼装的木椅、桌子带有精挑细选的木纹、树节，显得品位超卓。店面虽小，给人感觉却是所费不赀、做工十分讲究。

诚如育子所说，店里播放的是音量稍大的莫扎特曲子，一首我仅知道曲名的《朱庇特》。老板将水杯放在桌上，我问他："听说这里只放莫扎特的音乐？"戴着黑框厚镜片眼镜的老板笑说："您喜欢音乐吗？"

"我喜欢，但是不太懂古典音乐。"

"您只要常来这里，一年后就听得懂莫扎特的音乐。莫扎特听懂了，也等于理解了音乐是什么。"老板脸色红润，胸前抱着大银盘，看着天花板骄傲地说。因为他的说法很有趣，我不禁一笑。老板又告诉我："现在放的唱片是第四十一号交响曲。"

"是《朱庇特》吧？"

"您明明知道呀。没错，朱庇特，第四十一号C大调。莫扎特最后一首交响曲。为了让第一、第二乐章以奏鸣曲的形式表现，在最后的第四乐章加入了赋格，构建出强而有力的终曲，是一首杰作。"我们又共同倾听了一阵子，然后他压低声音提醒："来，就是这里，马上要进入最后的乐章了。"

我点了杯咖啡，静静地聆听莫扎特壮丽的交响曲，同时观察店内。墙上挂着莫扎特肖像的复制画，旁边的小书柜上排列着几本有关莫扎特的书籍。当时店内只有我一个客人，《朱庇特》结束后，一种将周遭一切吸附进去的寂静包围着我。好奇妙的寂静呀，我在寂静中越发想要跟你见面！接着，流泻出另一首曲子的音符，老板走过来，以学校老师教导低年级学生的口吻说："这是第三十九号交响曲，十六分音符，奇迹般的名曲。下次您来的时候，我放《唐·乔凡尼》给您听。再下次是G小调交响曲。慢慢地您就能了解莫扎特的奇迹是什么了。"

咖啡的味道香醇，老板也给人亲切的好感，之后过了两三天，我又去了"莫扎特"。那一天客人很多，老板一边要留意独自坐在窗边的我，一边要在柜台煮咖啡、榨果汁；每当莫扎特的曲子结束，他还要赶着换唱片，显得十分忙碌。

第一次来的时候没见到的老板娘也忙着帮忙送饮料、添加冰水、收拾桌子。在我不熟悉的曲音中，一名年轻男子闭着眼睛、低垂着头专心倾听，看起来十分庄严慎重的样子。我双手捧着咖啡杯凑到嘴边，呆呆地看着年轻人入神。他就像是对着什么巨大之物祈祷一样，又像被惧怕的对象责备而全身表示忏悔一样聆听着交响曲。

过去我对古典音乐几乎没有任何兴趣，根本不觉得自己具有理解老板所说"莫扎特奇迹"的感性和修养。但是看到那青年的态度，听着流泻在安静的店里的交响乐，脑海中突然浮现一个字眼——"死"。我也不知道为什么心中会闪过这个字。当然，那一瞬间并没有寻死的念头，对死亡的恐惧感也没有袭上心头，而是很清楚地在心上浮现一个"死"字，久久不散。

我啜饮着咖啡，将"死"字放到脑海的某个角落，第一次专心聆听莫扎特的音乐。没想到，过去丝毫不以为意的交响曲竟让我感觉到难以形容的美妙，乐音又像是暗示了一个不可知的世界。为什么这么美的曲子是在两百年前、出自一位仅仅三十岁的青年之手呢？而且居然能够不用激烈的字眼就传达出悲伤与喜悦共存的情境？透过玻璃窗凝视着门口两旁行道树的叶樱，我陷入沉思，想象着已经死去、未曾谋面，但肯定长得比我漂亮的濑尾由加子的容貌、表情，沉浸在莫扎特的交响乐中。

另一首曲子响起，那名年轻人向老板道谢、付钱后离开了。原本客满的店里，人们如退潮般一一起身离去，最后只剩下我一个人。

终于有空离开柜台那儿的老板为我引见了老板娘。老板娘年纪约五十五六岁，满头的银发干净利落地梳成包头，和老板一样戴着度数很深的眼镜。夫妻俩坐在我旁边休息，并聊起自己的事。后来老板娘问我："您住在这附近吗？"

"我住在这条路上往海边走约十分钟路程的地方。"老板娘睁大眼睛想了一下，然后说出几个名字，其中也包含邻居的几户人家，但没有提到我们家。"我姓星岛，就在网球场前面。"一听我这么说，她马上表示："我知道，就是庭院里有株大金合欢树的房子吧。"又说从没看过开得那么漂亮的金合欢，要求我明年花开时节记得剪两三枝送给她。（如果你读了信，想必觉得内容非常无聊吧。尽管先前叫我别再写信，我仍要不厌其烦地写。我打算继续提笔写我想抒发的事。）

我又点了一杯咖啡，对老板说："上次您说的莫扎特奇迹，我仿佛有些明白了。"老板有些惊讶地看着我，躲在眼镜深处、一双失去笑意的小眼睛明亮闪烁，少年般的脸正对着我。

因为他盯着我太久，我不禁害羞地表示："我目前是单身，两个月前还不是。"老板娘以为我是与丈夫死别，问道："是因为生病还是意外事故呢？"我老实回答："不，我们是离婚的。"我以为她一定会打破砂锅问到底（毕竟看见身手利落的老板娘眼睛灵活转动，自然觉得她像一般的主妇一样喜欢谈论八卦），但是他们夫妇只是对看一眼说声"是吗"，便不再提起。他们故意转移话题，告诉我开这家"莫扎特"咖啡厅的始末。

老板于昭和十六年（一九四一）受征召，直到战争结束的昭和二十年（一九四五）冬天才从中国山西省回来。他曾说自己是大正十年（一九二一）出生的，当时应是二十四五岁吧。总之那时候我应该还在母亲腹中尚未出世。

战争结束后三年，他在朋友的介绍下进入银行工作，一直工作到昭和五十年（一九七五）秋天退休为止。二十七年来，担任行员的他认真工作，最后两年才升任大阪丰中分行的经理，直到退休。之后又到同一集团的信用合作社工作，处理问题期票，做些类似催缴的业务。因为觉得和自己的个性不合，做了一年便辞职了。

夫妻俩想在退休后开间咖啡厅的念头已有十几年，早想好了店名和店里的装潢、外观，但是随着三个女儿出嫁，手边储蓄的开店资金渐少，加上开店的地点没有着落，比预定还晚了三年才得偿所愿。

十六岁那年，他第一次听见莫扎特，之后就疯狂迷上莫扎特，零用钱全买了莫扎特的唱片。老板甚至怀念地表示，就连受征召在部队举着枪的时候，耳中也响着莫扎特的曲子。他决定拥有一家只播放莫扎特曲子的莫扎特咖啡店，老后余生靠着开店过活，所以才到银行工作。在职场上遇到讨厌或辛苦的事，他都告诉自己：一切都是为了将来开店所需的资金，现在努力存退休金，这二十七年来他才能在银行其实并不快乐有趣的环境里辛勤付出。

他还高兴地表示，因为听到香栌园附近车站的书店要关闭了，夫妻俩赶紧飞奔过来洽询。"第一眼我们就觉得是这里了。不管是地点，还是交通，这里都再适合不过。终于让我们找到了，我们要在这里建立'莫扎特'。我们夫妻简直兴奋得站不稳！"老板又笑着盯着我许久。"总之他什么都是莫扎特。既不喝酒也不赌博，不迷钓鱼也不爱下棋。公司下班一回来就是擦拭他那好几百张莫扎特唱片，摸摸弄弄过上一整天。一开始我还很难过，觉得跟个怪人结婚了呢。可是之后我也很自然地迷上了莫扎特。"老板娘说完便笑了出来。

就这样，我们聊了很久。忽然间我想起刚刚那名青年，便向老板探问。老板说那个青年也是个莫扎特迷，虽然手边也拥有许多唱片，但为了听买不到的绝版唱片，每天都到店里听同样的曲子后再回去。

由于即将是晚餐的时间，我将两杯咖啡的钱放在桌上准备起身而去。老板站起来笑着问我："刚刚您说明白了什么是莫扎特奇迹，可不可以说明一下是怎样的领悟？"

我不过是这一两天才接触莫扎特，根本无法以言语表达清楚，尤其是对着迷于莫扎特音乐、聆听过成千上百遍莫扎特曲子的老板，我的肤浅感想如何说得出口！可是在老板认真的目光催促下，我不禁开口："感觉上，生和死说不定是同一件事。这么大而奇妙的主题，莫扎特居然能用优美的音乐加以表现。"

我其实想说的是：莫扎特竟能不靠言语，而是以言语无法说明的奇妙曲调，轻松且令人愉悦自在地表达悲伤和喜悦这两种共存的心情，这就是莫扎特的奇迹吧。然而在老板热切的眼光注视下，我的回答完全词不达意。

也许是因为刚刚我脑海中浮现的"死"字还残存未消，于是不加思索地便说出了这个并不打算说出来的字眼。

"哦……是吗……"老板低喃，仍然看着我。离开咖啡厅后，我快步走在洒满夏日余晖的归途上，一点也不明白自己的话究竟表达了什么意义，只是脑海再度浮现对濑尾由加子的疑问。她是什么样的女人？为什么自杀？她是和你有过关系后才自杀的吗？不知道为什么，我觉得好累，好不容易才回到家。

之后到冬天的几个月间，我大约一周去"莫扎特"两三次。偶尔搭阪神电车到神户三之宫去，或到反方向的梅田百货公司买东西。大学时代的朋友照美和爱子约我去看电影试映会或听音乐会，我一概拒绝，几乎足不出户窝在家里。父亲和育子固然担心我，却听凭我自由行事。

就在这样有气无力的空虚生活中，我有了一个新的乐趣。我也对莫扎特着迷起来。我一边向"莫扎特"的老板学习，依他的推荐购买唱片，一边躲在自己卧房听到深更半夜，还跑到大阪的大型书店购买有关莫扎特的书籍认真阅读。我和"莫扎特"老板夫妇变得很熟，只要一去店里，他们就用我专用的杯子端出咖啡给我。

老板和老板娘都是感觉敏锐的人：在我不太想说话的

日子，他们总能察觉，轻轻放下杯子就走人；在我想找个人倾诉更胜于听唱片的日子，他们之中的任何一位自然陪我聊天，但是绝对不提及我离婚的话题。

这封信又写得很长了。只要一回忆往事便写个没完，还来不及提到重要内容便觉得手酸了。下次写信再写出我真正要说的事吧。你或许要抱怨我该适可而止。不过我还是要写，就算你把信撕破丢弃，我还是要寄出信件。今天就先写到这里吧。

报上说今年的梅雨季较长，已经连续下了五天。这种时节，清高总是心情不好，好一阵子没表现的恶行恶状就像是突然想起般又故态复萌，还没来得及走到厕所便失态了，偏偏又是发生在连日下雨的时候。真是奇妙呀，大概人和自然的律动是一样的，自己的体内也演奏着同样的乐章。可是我的儿子只是因为这样的挫折就已经受到不容忽视的打击，好几天不愿意开口说话。过去我还蛮喜欢雨天的，现在却讨厌得厉害。

最后希望你能好好保重身体。

胜沼亚纪　谨上
六月十日

致　有马靖明先生

前略

今年的梅雨，雨水真是丰沛呀！拜多雨之赐，每年一到夏天水位就下降、影响近畿一带用水的琵琶湖也蓄积了足够的雨水。我将这样的感想告诉一脸不高兴的育子，没想到她竟告诉我：下的雨水根本没存在湖里，都随着几条河川流进了大海。难怪梅雨再多的那几年，到了盛夏，琵琶湖水位还是一样下滑。

梅雨季即将结束，家里还是到处湿答答的，墙壁、榻榻米、走廊、门把……似乎都发霉了。这些暂且不谈，我决定先写上次那封信的未竟部分。

从第一次去"莫扎特"以来，刚好过了半年，也就是新一年的二月六日。我很清楚记得是二月六日，半夜三点一过，家附近不断传来警报声，惊醒了我。睁开眼睛的同时，我意识到那是消防车的警笛，不是只有一两辆，而是来自四方，许多消防车往同一个方向集结的声音，就在我家附近。我披上睡袍，拉开窗帘，眺望窗外深夜的住宅区。家家户户屋顶的远方冒出了火焰，夜晚街头的一角笼罩在红色烟雾中，其中明显可见纷飞的火星。我按着胸口，呆立了好一会儿，心想发生火警的是不是"莫扎特"呢？看来起火的地点离"莫扎特"不远。"莫扎特"的老板住在车站后面的公寓，就算真是咖啡厅发生火灾，他们两个人应该也不会有事，但我还是赶紧穿上衣服下楼。"发生火灾了！"育子也穿着睡衣来到走廊，她打开大门对着染成红色的天空，双手因为冷而抱着胸。

"说不定是'莫扎特'。"我穿着拖鞋就要冲出门，育子赶紧抓着一件大衣追上给我。"你要赶紧回来哦，这么晚了，很危险。"那天夜晚分外寒冷，我穿上内里是皮毛的大衣，小跑着前往起火的地点。

越过住宅区，来到小河边跨上小桥，我立刻确定起火的是"莫扎特"。虽然是大半夜，火灾现场还是围了许多看热闹的民众，沿着小河的马路边停着七八辆消防车。

我到达时火势正是最强，完全是木造建筑的"莫扎特"被包围在巨大的火焰中，已是无法挽回的状态。几道水管喷出来的水柱交集在一起，被吸进了店里面、屋顶里。我看见穿着睡衣凝视自己的店逐渐烧尽的老板，双手紧抓着消防部门为了不让看热闹的民众进入而围起的塑胶绳。

我排开围观的群众前进，好不容易来到老板身旁，一样抓起了塑胶绳。火焰的热度阻挡在面前，我热得难受，但还是紧抓着塑胶绳和老板站在一起，周遭尽是木头哔剥燃烧的弹跳声和满天飞舞的火花，眼看着"莫扎特"在我们面前消失。

不知道什么时候老板才发现我在他身边，他看着火焰、稍微侧着头在我耳边说："木头果然很容易燃烧呀。"我寻找老板娘的身影，因为到处都看不到，只好问老板。或许担心老板娘可能在店里面，我的声音有些颤抖。

"我太太回公寓了，她看不下去吧。她说这样子我会感冒，回去帮我拿外套了。"我放下心中的大石，又问："咖啡厅还能重建吧？"老板轻轻点头说："是保了火险……可是那两千三百张唱片都烧成灰烬了。"说完表情扭曲得又像哭又像笑，十分奇怪，却依然不时看着火势逐渐缩小的店面。尽管育子要我早点回去，我仍决定在火势完全消灭前，陪在老板身边一起凝视着"莫扎特"。

"怎会发生这种事……"

老板脸上浮现一抹浅笑说："接到店里失火的通知，我整个人都蒙了，浑身颤抖个不停。等到看见火势，知道一切都来不及，反而镇定了。该怎么说？心情变得很恬淡。毕竟店里面没有任何人……"他说话的表情和语气果然跟恬淡这个词很相配。

烧成灰烬的屋顶发出一声巨响，砰然散落，围观的群众因意外地遭到纷飞的火花袭击而倒退一步。老板也抓住我的手臂往后退，我却忍住一时的炎热，整个人淋在火花之中。我为什么做出如此危险的举动呢？我想我只是失去跳开的时机。我注视着熊熊大火被逐渐扑灭，心中想着的却是你。我担心身体稍微一动，脑海中浮现的你的影像将消失无踪，于是固执地僵着身子，绝不乱动。

当年迫于情势而不得不离婚，我们虽然分手了，但我相信你和我的心情是一样的。走在纷乱的人群中，你有时一定也会想起我吧？你应该还爱着我吧？当时我心中尽想着这些。在你的脸随着难以按捺的离别情思浮现在我眼前的那一瞬间，火花伴随着轰然巨响把我从沉思中猛然推开，又倏然消失。我好像挨了狠狠一记巴掌似的，大量烟灰取代了火焰包围住我们，我看见了"莫扎特"的残骸。

老板忽然以平静的语气对我说："或许生和死真的是同一件事。莫扎特的音乐奏出了那种宇宙奇妙的造化。星岛小姐曾经这么说过吧。"为什么突然讲出这句话来？我直盯着老板的嘴角看。

他沉思了一下，又接着说："我自以为比谁都清楚莫扎特，没有人像我听过那么多遍莫扎特。对于莫扎特，我是那么有自信。可是像星岛小姐那样形容莫扎特的音乐，我想都没想过。从那天起我就一直思索星岛小姐的话，现在终于了解星岛小姐说得没错。莫扎特用音乐表现了人类死亡之后的世界。"

老板越说越兴奋，藏在镜片后面一向温和的眼神竟带着强烈的光芒，令人有些害怕。我随口说出的话与老板反复提及的有所出入。我并未提到宇宙的造化，老板却因为长时间反复思索我随口说出的话语，不知不觉也加入了我不曾说过的字句，因此我澄清说："我应该没说过宇宙造化这个字眼吧。"老板一脸不解地看着我说："不，星岛小姐说了，我记得很清楚。您说了，宇宙奇妙的造化。"

关于这一点我认为是老板的错觉，但也无心与他争辩，继续听他说下去。火势几乎扑灭了，冒着烟的木头像炭火一样闪着斑斑星点。穿着银色防火衣的消防人员对着店里的余火喷水。

这时老板忽然大声喊道："不，不对，不是宇宙的造化，是我记错了。星岛小姐……"然后直瞪着我，拼命想接下来要说什么话。眼镜镜片蒙上了一层烟灰也顾不得擦拭，好不容易才说出话来："星岛小姐说的是生命的造化，没错，我想起来了。您是说生命奇妙的造化。"

我觉得还是不对，侧着头盯着老板。忽然老板笑了，我也笑了。老板对着后面一个看热闹民众点点头，问说："能不能给一根香烟？"那个人是"莫扎特"的常客，自然爽快地从胸前口袋掏出一根香烟，点火的同时关心问道："有没有投保火险呢？"老板回以先前对我说的同一句话："有，不过两千三百张唱片再也救不回来了。"那个人竟说："唱片什么的去唱片行就有得买，这种东西再搜集不就有了吗！"老板一脸不高兴地喃喃自语："很多张唱片已经绝版，根本买不到了。"然后穿越塑胶绳围栏，跑去跟消防员说话。

我悄悄地穿越人墙离开现场，快步穿越没有人影的住宅区回家。大概因为目睹了"莫扎特"被烧毁的过程，让我的情绪莫名激动吧。我看着地面，心想果然又来临了。不幸果然又开始了。决定和你分手的时候，我坐在父亲公司总经理室所想到的事情终于逐一成真。

还记得我在第一封信里提到的事吗？由于和你离婚，我有种预感，总觉得会发生什么不幸的事。因为不可预期的意外事故，你离开了我。之后不到一年的时间，"莫扎特"这家我喜欢的咖啡厅也消失了，两千三百张天才创作的曲子的唱片瞬间烧成灰烬。下一回我又将失去什么呢？

回到家，一进入卧室，我就脱掉大衣，坐在床边。看看时钟，时间刚过四点。睡不着的我选了莫扎特作品中我最喜爱的曲子，将音量尽可能调低，反复再三靠在耳畔聆听。那是第三十九号交响曲，因"莫扎特"老板的推荐，我到梅田的大型唱片行买来的。老板形容是十六分音符、奇迹般的句首名曲。

或许生和死真的是同一件事……我心想，为什么莫扎特的曲子令我生出这般突如其来的念头呢？我想起方才老板在燃烧殆尽的店前对我说的那些话——宇宙奇妙的造化、生命奇妙的造化。

对于我这个还年轻的女人而言，没有什么比这句话更令人心动了。随着莫扎特第三十九号交响曲水涟般的音符一波又一波拍打在深夜静谧的卧室角落，我感觉那句话就像是神奇魔术的谜底，一举解开人生的无数秘密。看着燃烧殆尽的"莫扎特",老板究竟看见了什么?我心中闪过这样的疑问。

我躺在床上闭起眼睛。不知不觉中,那些火焰、木头爆裂的声音和老板的身影从我心中消失,取而代之的是:和你初相逢的那个大学时代夏日的阴凉树荫;我们手牵手看着御堂筋路上来来往往汽车后座的朦胧灯影;父亲答应我们的婚事;我们高兴得没有目的、径直跳上阪神电车的那一天,看见车窗外神户海滨的氤氲光晕……这些影像与第三十九号交响曲融为一体,包裹在模糊朦胧、难以形容的想法里。

一时之间,我似乎对"宇宙奇妙的造化、生命奇妙的造化"这句话中所隐藏的东西有些了解了,但也只是一瞬间而已。我的心中浮现出濑尾由加子的幻影,拥有比我更美丽的容貌和肉体的沉默女子站在我心中,而这个人已经不在人世。

隔天早上,我正在享用较迟的早餐,父亲表示既然有那么亲密的交往,还是应该稍微做些表示才好。育子也说这种时候最好的慰问品就是金钱了。

我想这几天老板夫妇一定忙着整理火灾现场,直到第四天才带着慰问金到两个人的公寓拜访。夫妻俩十分高兴,领我到客厅坐,并对我寒夜前往现场一事不断点头致谢。老板不肯接受我的慰问金,我只好直接放在桌子上,说是父亲的交代,不能原封不动带回去。老板好不容易面有难色地收下，这时又来了另一位客人，似乎也是送慰问金来的，我听见老板娘和客人在玄关应对。"正好介绍一下吧。"说着，老板把客人请进客厅。

进来的是年约三十二三岁的男性，五官端正、身材高大。老板介绍说："这是我侄子，是我死去大哥的长子。"我们彼此打了声招呼，互报姓名。那个人就是胜沼壮一郎，我目前的丈夫。关于我和胜沼结婚的经过，晚一点再写给你知道。

我从"莫扎特"老板府上告辞之后，在车站前的书店翻翻妇女杂志，徘徊在文库本书架前翻阅书本的封底介绍打发时间。我很想到哪里喝杯好咖啡，可是"莫扎特"才刚烧毁，我还不想踏入之前没去过的咖啡厅。

我还记得那一天是星期六，电车靠站，一群女高中生下车了。她们会在午后回家，所以那天肯定是星期六没错。对于当时的我而言，该日是何年何月星期几，与我的生活完全无关，我只是呆呆地看着女高中生的女学生制服。父亲的公司周末也是上半天班，今天下班后他好像也没什么预定计划，傍晚时分就会回家，我有预感他又有话要跟我说。表面看来，他提出意见的态度很平和，注视人的眼光却令人无法说不！

我的预感总是很准。回到家，父亲正躺在客厅的沙发椅上看电视。他一看见我便指着面前的沙发椅说："我有话跟你说，坐下来。"我有时对自己灵验的第六感到又惊又喜，可惜直觉如此灵敏的我为什么对于你一年来的出轨却毫不知情？看来你这个人难以捉摸又演技精湛，事到如今我对你的演技依然佩服不已。

父亲躺在沙发上，眼睛看着电视，嘴里则跟我说："该考虑往后的事了。该忘记的事情就要忘记，这是很重要的。忘记的方法，让爸爸来帮你想吧。"

"我已经忘记了。"我回答。父亲提议我不妨出国去走走。"换句话说，就是做个了断。去哪里好呢……巴黎、维也纳、希腊，到北欧去也不错。一个人悠闲地到国外旅游，变成一张干净的白纸再回来。"

我低头看着波斯地毯的图案："一个人到陌生国家旅游，那么寂寞的事我才不要！"

"看着你这样，爸爸实在心疼。"听见父亲这么说，我抬头看他，发觉泪水浮现在他眼眶。那是我第一次看见父亲流泪。"我没想到自己的女儿会有如此悲惨的遭遇，可是害我女儿遭遇悲惨的人就是我自己。如果我不挑选有马做公司继承人，你们或许就能处理自己的事情。这种事情，社会司空见惯，只要你们能接受，随着时间推移，说不定又能恢复原本的夫妻关系。可是我身为星岛建设的总经理，必须让有马离开公司才行。看来当时我的想法过于武断。我以为有马从公司消失就表示他也必须从星岛家消失，直到最近我才发觉其实没有那个必要。就算有马失去继承星岛建设的资格，也没理由一定要离开你呀，不是吗？我应该要求自己更加深思熟虑才对。如果当时我帮有马找其他工作或是让你们分居疗伤，多给你们一点时间，或许就能破镜重圆。那才叫作大人的智慧呀。我嘴里没有明说，可是身为你的父亲，在医院里却对有马说明前因后果，暗示他主动向你提出离婚。但我根本说了谎，我不是以岳父的身份，而是站在星岛建设总经理的立场责备他，迂回婉转地不断暗示你们两个人应该分手。我也知道就算发生这种事，你也不会跟有马分开的。你是绝对不想离婚的，我很清楚这一点。"

听到一半我流下泪来，父亲一口气说到这里，突然噤口不言，陷入长长的沉默。我们之间有着长时间的沉默，坐在冬日阳光投射进来的客厅沙发椅上，我始终听见自己呜咽的哭泣声。

"可是马的前腿折断了、茶壶也摔碎了，不是吗，爸爸？我和有马离婚前，爸爸在岚山的咖啡厅不是这么说的吗？然而事实上当时并非这样。直到我们分手了、我在离婚证书上盖了章，马的前腿才折断、茶壶才摔得粉碎……"父亲突然起身制止我继续说下去："有马是个好男人，我渐渐喜欢他了。"然后带着一脸令人害怕的神情走回自己的房间。

送来两人份红茶的育子看着我一个人呆立在宽敞的客厅中，像个孩子般抽咽哭泣，似乎想找什么话安慰我，结果还是一句话也没说，把茶壶和红茶杯放在茶几上又折回厨房去。我望着茶壶嘴里冒出的白烟出神，内心不断反刍父亲最后的话语。

"有马是个好男人，我渐渐喜欢他了"——向来工作第一，几乎无暇照顾家庭的父亲；一向几近冷酷，心中绝不融入他人的父亲，他这句话充满了说服力与爱。原来，曾经是我丈夫的人是个好男人，而且现在父亲是打从心里关心我的幸福，这两个想法让我的身体像是浸泡在热水里般温暖。我对你情何以堪的爱恋和对父亲的怨怼倏然间消失了，感觉自己好像飘荡在纯净洁白的空间一样。

不知道自己一个人在那里坐了多久，等我回过神来时，冬日的太阳已西下，照着庭院里覆着青苔的石灯笼，长长的阴影延伸到隔壁栋父亲的房间窗口。

洗完脸到厨房，育子跟我报告说她有喜事。原来是她今年高中毕业的儿子找到工作了。希望当厨师的他，宿愿得偿地受雇于芦屋有名的法国餐厅，就是那家我和你去过两三次的"皇宫"。

育子生下小孩三年后丈夫便死去了，过了五年又嫁给丹波的农家，原本和公婆一起住，结果还是离了婚。听说有一段时间寄住在神户东滩区姐姐家里。家母过世后，家里考虑找个身世清白的帮佣，经由熟人介绍，育子住到我家开始工作，儿子托给姐姐带，她和我们如同一家人般一起生活。和自己唯一的儿子分隔两地毕竟是难过的，我和父亲不时关心她。我和父亲的意见是，育子就在香槟园附近租个房子和儿子一起生活，每天只要通勤到星岛家就行了。

这些其实大部分都是你知道的。育子对我们的提议很有兴趣，就在开始找合适的公寓时，发生了你那件事。虽然那件事跟育子没什么关系，但她十分同情我，像个母亲一样无微不至地关心我。于是育子也不找房子了，说要跟从前一样住在家里就好。她说："还是等亚纪小姐恢复后再说吧。在这之前，我住在这工作总是比较方便。等儿子长大有出息，我也辞去工作，那时候再慢慢考虑两个人生活的事。男孩子总是没那么亲，还说现在没必要跟妈妈一起住。"接着她又压低声音说，"如果让亚纪小姐照顾这么麻烦的老爷，肯定会精神崩溃。还是交给我吧。"

从此育子再也不提通勤一事。她仿佛仔细观察过父亲几十年一般，对于父亲的坏脾气、颐指气使的习惯都能毫不介意，处之泰然，最重要的是她绝对不会惹父亲生气。对于育子的做法我总是佩服得五体投地。有时父亲预定住在东京的时间较久，还会带育子一起去。他就是这么信赖育子。

我听了也很为她感到高兴。"能够在'皇宫'当学徒，将来就能成为全日本任何法国餐厅都愿意任用的名厨了。"育子嘴里虽说"就看他能不能够忍受学习的辛苦"，还是难掩心中的喜悦，不论切菜还是摆盘都有了过去少见的律动感。

"怎么有办法找到那么有名的餐厅实习呢?"育子说:"多亏老爷帮忙。老爷写了封推荐信,我儿子拿去面试,当场就录用了。"她哼着歌,身手敏捷地准备晚餐。我走到隔壁栋父亲的房间去。父亲坐在书桌前,好像在写什么东西。我谢谢他帮忙育子的儿子就业。父亲一听,面无表情地回过头说:"这件事不必你来道谢吧。"

我试着喊一声"爸爸",泪水却不争气地流了出来。父亲看着我说"你也没必要专程到我房里哭吧",然后把写好的信装进信封里。"怎么样? 要不要出国散散心呢? 要转换心情,换个环境是最好的方法。"说完才露出笑容。"不必那么做,我真的已经忘记了。"父亲面对书桌,没看我,只说了句"是吗……"就不再开口。

我坐在父亲后面,双手抱住他的肩膀,一边脸颊在他背上磨蹭,低语说:"我真的忘记了,爸爸,是真的。"然而低语的同时,你的身影却浮现在眼前。父亲双手轻抚我的手臂,自言自语般说道:"人会变的。人时时刻刻在变,很奇怪的生物呀。你是个乖孩子,你一定会幸福的。"

虽然过了将近十年,当时父亲凛然的声音和弥漫在四坪大的安静和室里的冰冷空气仍然悄悄存在于和你分手之后我收藏无数回忆的心中,不曾消失。

我没去国外,就连神户、梅田的闹区也没去,继续过着平淡的日子。"莫扎特"重建是在樱花季节结束、树木抽发新芽的时候。

虽然有投保火险的保险金，但因为比起之前店面建造时木材价格涨了将近四成，老板还是贷了不少款。整体设计和以前几乎完全一样，只是在预算考量下不得不使用不同的木材，所以重新开张的"莫扎特"和以前的"莫扎特"好像有什么地方不一样。不过推开门扉走进店里的同时，不变的是依然响着莫扎特的曲子。是第四十号交响曲，比起第四十一号的《朱庇特》，我更喜欢这首。

向老板夫妇道贺之后，我坐在一向偏爱的面对道路的位子。"星岛小姐的咖啡杯也打碎了，不知道掉到哪里，所以我到京都的河原町陶器店，找到上好的咖啡杯，给您买回来了。"老板将新咖啡杯放在我面前。那是带着淡灰色、没有花纹的杯子，尽管质地粗犷却通透如纸，感觉价值不菲。我要求付钱，但老板坚持是礼物，也不肯告知价格。

那一天是周日，沿着叶樱行道树散步的游人如织，店里几乎客满。我啜饮着好久没喝到的香醇咖啡，倾听莫扎特的音乐，看见了玻璃窗外父亲的身影。他穿着开襟毛衣、脚蹬凉鞋，悠闲地享受着阳光慢慢向这里走来。我打开门，露出脸呼唤父亲。父亲在我邀约下走进"莫扎特"，坐在我的位子上，问道，这里的咖啡好喝吗？根据父亲的说法，位于淀屋桥公司附近的一家小咖啡专卖店的咖啡才是日本第一。

老板赶紧走来说："小店的咖啡是日本第二好喝的咖啡。"知道是我父亲来了，老板娘也走过来，不断对慰问金的事表示谢意，并恢复以前明朗的笑容说："不只是令千金，希望今后星岛先生也能成为本店的顾客。"

我知道父亲在没有饭局或宴会的日子几乎哪里都不去，总是直接回家，很难想象他每天准时下班离开公司后特意将车子停在"莫扎特"前，喝完一杯咖啡再回家。那一天之后，父亲偶尔散步回家的次数增加了。我问育子怎么回事？育子也只是回答"在国道上下了车就散步走回家了"，不再做其他说明。

这种日子，父亲肯定比我们还迟吃晚餐。我觉得奇怪而去质问父亲，他竟害羞地表示"我借用了你的咖啡杯"。"实在无法想象爸爸听莫扎特呀。"听我这么调侃，父亲一副若有所思的神色表示："我去找'莫扎特'的老板谈你的婚事。"

我吃惊地看着父亲，语气强烈地说："我没有再婚的意愿。"我不得不这么说，因为我一旦下定决心，绝对不轻易打退堂鼓。父亲也是难得开玩笑的人，便对我说了事情的经过。

"老实说，听说之前就有人表示对你的爱慕之意。'莫扎特'的老板前几天向我透露，他的侄子目前是大学讲师，三十三岁，还没结婚，专攻东洋史学，确定再两年就能升为副教授。听说你们在'莫扎特'老板的家里曾经正式见过面，之后他常看见你在'莫扎特'喝咖啡。他没结过婚，但对于亚纪结过婚的事并不在意。他因为一直忙着做学问，无缘认识想共度人生的女性，直到对你一见钟情——这是'莫扎特'老板说的。刚开始对方提起时，我也没什么兴趣，可是因为对方太热心了，才决定跟那男人见一次面看看。我要求老板不要透露我是你的爸爸，就介绍是店里的熟客。我们没聊太多，只是说些天气变热了呀、大学讲师一个月多少收入、东洋史是什么样的学问等等话题。我已经不期望将自己的公司交给女婿继承，这个期望在你和有马靖明离婚后便断绝了，何况也来不及再找后继人选。反正我退休后，星岛建设会有适当人选继续经营的。我想这样也好。我唯一担心的是你，我只希望你能幸福。仔细想想，你才二十六岁，今后才是你真正的人生，不是吗？找个好人，结婚成立新的家庭才是正确的路。如果你不喜欢对方，也不必在意，直接拒绝就好了。不过我认为还是先找个地方安排饭局，和那个男人聊一聊也无妨吧。"

换句话说，父亲以他一流的说服技巧劝我和那个人相亲。我听着父亲说话，心想原来是当时那位男士，却无论如何也记不起他的容貌和气质。

说到他是大学讲师，就觉得好像是那种感觉，又好像记得他的五官十分端正。但是不管父亲如何规劝，当时的我完全没有相亲的打算，因为你的身影还无法消退，始终在我心中，即使你不可能再回来了。

父亲抽了好几根烟，继续游说。"我今天又去找'莫扎特'的老板，毫不隐瞒地跟他说了你和丈夫离婚的原因，请他转告他的侄子。我虽然不在意咖啡厅老板听了有什么反应，但是他听完整个故事，表情凝重地沉思了好一会儿，

然后表示婚事可能谈不成了。老板的意见是：'令千金可能
还需要很长的时间。'他还说，'我感觉令千金肯定感受过
什么重大的悲哀。要不然一个女人又还那么年轻，不可能
在一瞬间就会洞悉连我也体会不到的莫扎特音乐的秘密。'
接着他低下头要求我，这件婚事就当作没提过，虽然一开
始是对方先提议的。我问他理由，老板沉默地不发一语。
结果变成了我提出婚事的要求。你并非因为不守妇道而离
婚，而是因为丈夫的出轨和那悲惨的事件才不得已分手。
离婚的理由不应该成为这件婚事告吹的原因。我对老板的
态度有些生气，甚至说才不想把女儿嫁给那个来路不明、
领着穷薪水的大学讲师呢！结果老板客气地表示失礼，并
对我说：'即便发生了那些事，令千金也许并不想离婚吧。'
一时之间我好像被针锥刺了一下。老板又说：'我只要一想
起令千金独自茫然啜饮咖啡的侧脸，自然就这么想，所以
我才觉得她还需要很长的时间。'确实我也认同'莫扎特'
老板所说的，但同时我又有了反对的想法。我心想：正因
为如此才需要早点再找个好人，让人生重新出发呀。听我
这么一说，老板想了一下之后好像也改变心意，问我说：
'您向令千金提过我们聊的这件事吗？'我回答还没有。老
板建议：'就在今晚，向令千金提起这次的婚事如何？不是
有句话叫孤注一掷吗？如果令千金对我侄子也有意，说不
定是令人称羡的幸福佳偶。'这下子换我抱臂沉思了。我最
讨厌穷酸相的男人，其次是没有酒品的男人。对于只见过

一面的胜沼壮一郎，就自己的眼力判断，感觉应该不属于这两种人。看起来像个做学问的人，多少显得神经质，颇令人在意，整体而言感觉很干净。所以决定照'莫扎特'老板的提议，今天就向你说明白。"

我从来没说赢过父亲，当时也是一样。我听完父亲的话，说了句"让我考虑一下"，便回到二楼自己的卧房。站在二楼窗边，看着笼罩冬夜寒气的住宅区带着灰青的气息。一抬眼，看见即将满月的月亮。因为还不是圆满的圆形，反而更让我觉得那一夜的月亮变了形。我想到和你分手实际上才一年，却觉得好像过了三四年。就算再怎么休息，如何激烈劳动或是忘我享乐，仍觉得顽固的疲倦始终深据着内心和身体，不会恢复。

我想象你现在的情况。才经过一年，你应该不会把我完全忘了才对。明明自己的丈夫被不认识的女人偷走，我居然在当时还能如此自我陶醉。

我陷入沉思之中，尽管觉得你没忘记我，却还是勉强下了一个结论：你已经死心了，所以我也该看清这一切。一年前早就该这么做的，我却办不到。我在心中不断告诉自己：必须要死心断念。

父亲说过的话也在心里回荡："人会变的。人时时刻刻在变，是很奇怪的生物呀。"今后的我将变成怎样呢？想到这里，我不禁不安地浑身颤抖，又预感将会发生什么不幸。在你身上，也在我身上……

我和父亲、"莫扎特"的老板夫妻、胜沼壮一郎共五人，在两周后的星期日约在芦屋的"皇宫"法国餐厅共进晚餐。由于我和父亲、胜沼壮一郎几乎都不太主动开口，全凭"莫扎特"的老板夫妻费心寻找话题。吃完晚餐后，父亲和老板夫妻先行回去，我和胜沼散步走到阪急的芦屋川车站，走进一家咖啡厅。

　　"你离婚的事，我听叔叔说过了。"胜沼说完，思考着下一句该说些什么，却找不到适当的话语，有些紧张地皱着眉头，不时用手指拨弄、安抚鬓角的头发。于是我决定自己先说出结论来。

　　"我还没有准备要再婚，今后也还没有计划。现在只想什么都不做地等待时间过去。"胜沼随即表示愿意等待，并直视我的脸。他给人的感觉并不讨厌，但不表示我对他存有好感，他只是这样一位男性。

　　那一晚我们聊了些无所谓的话题，过了九点便走出咖啡厅，他叫出租车送我回家。直到今天我还是说不清楚为了什么理由最后决定跟胜沼壮一郎结婚。如果说我百般不情愿却得和你离婚是硬被推上了船离岸，那么和胜沼之间的结婚，最佳的形容就是：我一样不想搭船，却在不知不觉间坐上了船。这次的结婚包含了"莫扎特"老板夫妻对我难以言喻的温馨关爱，以及父亲希望我幸福的心情。当然还有我对你永难忘怀的情思。

　　我和胜沼壮一郎就在那年九月结婚了。

父亲希望胜沼入赘我家，但是胜沼是独生子，他父亲又在他大学时过世，只有母子相依为命，我父亲只好放弃自己的想法。尤有甚者，是不能让对方母亲独自生活，变成我必须嫁到胜沼家。尽管结果完全违背父亲的期待，婚事还是继续进行。而我则决定一句话也不多说。

胜沼家位于御影的弓木町，是栋有着小小庭院的两层楼房。对方是第一次结婚，父亲坚持出钱要我们举办喜筵、到国外新婚旅行。我就像个没有心思的洋娃娃一样，听凭父亲的意见行动。

和你的新婚旅行只在东北小小绕了一圈。当初只要我们想出国，父亲肯定会出钱的，但我和你还是选择了冬季的东北旅行。我其实很想到巴黎、荷兰、罗马等欧洲的一些国家和城市游览，你却坚持东北旅行不肯相让。从田泽湖前往十和田的途中下了大雪，你还记得吗？于是我们改变计划在乳头温泉住了一晚。那一晚，耳畔听着不断纷飞的落雪声，两人对饮温热的当地美酒。早在结婚之前我们便已经欢悦过多次，但在那个乳头温泉的小旅馆被窝中，我对你的认识又加深了一层。我又写了些无聊的内容，连我自己都觉得难为情了。还是言归正传吧。

我和胜沼依照父亲的安排到欧洲各国旅游了一圈回来，和六十七岁的婆婆同住不到一个月便出了意外。我从附近的市场回家时，发现婆婆昏倒在厨房。虽然立刻叫了救护车，但到达医院之前她便断气了，死因是心肌梗塞，可说是无力回天。

做完满七那天，父亲劝我们搬回香栌园的家。起初胜沼不太愿意，最后还是屈服于父亲的坚持。我才搬出去生活不到两个月，便又与父亲同住。

现在的时间是下午三点钟刚过，我该去接清高回家了。花了好几天撰写的长信，仍不到我想写内容的一半。这封令你困扰的信看来还有的写。即便你不拆封、直接撕烂丢进纸筒，我还是要继续写完……

养护学校的校车在三点半抵达车站前面，我必须赶紧出发才行。这封信先到此为止，我还会写下一封信给你。信结束得有些匆忙，请见谅。祝福你健康平安。

胜沼亚纪　谨上
七月十六日

致　胜沼亚纪女士

前略

收到你的两封长信，我没撕破也没丢进垃圾桶，而是确实读了。但是老实说，寄出那封要求你别再联络的信后，过了两个月却依然收到你的来信，我着实将那封厚重的书信藏在抽屉中两三天。我本想不拆读也不回信，最后还是无法抵挡那信封投射过来的无言讯号。我还是想读你的来信，于是拆开信封。

读信时，我发现和十年前比起来，你有了很大的改变。至于哪里改变了，我很难用文字表达出来。你就是改变了。作为一个身体有缺陷的小孩的母亲，八年来不断战斗（我认为战斗是最适合的形容词）肯定让你变得更坚强、人生更丰富。说句客套话，抚养这样的小孩到今天，肯定经历了许多别人不知道的烦恼与辛苦，遇到过许多必须咬牙才能穿越的难关。

我突然想到：如果我和你没离婚，而我们之间有了那样的小孩……一想到这儿，我不禁陷入沉思，认真思考该如何做才能弥补十年前我做的错事，该如何做才能弥补我带给你的不幸？当年我醉倒在酒店吧台、在摇晃拥挤的电车中茫然看着车厢内垂挂的广告海报时，一种难以抑制的忏悔之情深深笼罩了我。

我并不是为了说这些没出息的事才提笔写信的。而是因为你来信中某一个字眼让我不得不写。你写到听莫扎特的音乐时，不知为什么联想到了"死"这个字。你还对咖啡厅老板说"生和死或许是同一件事也说不定"。读完你的信之后，那个部分我又反复阅读了，不禁冲动地想要传达我的奇妙经历给你知道。

看来我又要写封长信了，这中间没有任何思维与逻辑，只是试着写出我所看到的东西。以上就当作前言，接下来我要从和你在藏王偶遇的那一天写起。

那一天我为什么去藏王温泉呢？答案很简单，完全出于偶然。我和朋友合资做的生意不太顺利，因为手头吃紧、开出的期票又落入坏人之手。本以为能立刻回收才发出那张空头支票，结果却让靠这种期票吃饭的坏人得逞，落得必须在票据到期日前凑出一笔钱来。我只好来东京找朋友、客户帮忙。

奔波了一周还是凑不到钱。我大概是有些惊慌失措。在饭田桥车站附近不经意地一回头，看见一个穿着整齐、一眼就知道是"那种人"的年轻人正盯着我瞧。朋友和我成立的小公司就我们两个人，我以为对方认定我到东京是为了逃债，因而一路追来。

我钻入人群，跳上刚进站的电车，那个男人也冲到月台来，挤进即将关上的车门。现在回想，说不定是我的错觉。那男人只是刚好站在那里，又刚好和我四目相对，也说不定我们又都刚好跳上同一列电车。然而我还是希望能逃离那个男人。他不时地窥视我，我不禁以为他真是来追我的。

我在御茶水车站下车，男人也跟着下了车。我打算改搭其他电车到东京车站，在那里甩掉对方。

一抵达东京车站，我快马加鞭奔下楼梯，来不及思考要去哪里便冲向其他月台，一直走到最前端躲了起来。我没看见那个男人的身影，刚好电车来了，我便跳上不知目的地的车厢，最后到了上野车站。

我决定先躲起来再说，去哪里都行，先消失个两三天吧。走到售票口，我依然紧张兮兮地东张西望，还好没发现那男人的行踪。

我也不知道为什么买了到山形的车票。总之从口袋掏出纸币，很自然就说出"到山形的车票一张"。抬头看着验票口上面悬挂的火车时刻表，发现新干线"翼五号"再过五分钟就要发车，我赶紧跑到月台停在车厢门前，小心翼翼地观察四周。到处都看不见那个男人的身影。

电车行驶了几个钟头，在傍晚时分抵达山形，我排在人潮的最后走出验票口，心情总算恢复了平静。皮夹里只剩下六万日元，扣掉回大阪的交通费，剩下的着实令人担心。我得找家便宜的旅馆，于是穿越车站前的闹区，来到前往藏王的巴士站。那里冬天是滑雪场，应该有供滑雪客居住的便宜小木屋吧。而且现在这种淡季房间应该很空。我打算在那里藏身个三四天后再跟大阪的朋友联络，商量今后的对策。

和你分手后的十年间，我经历了许多事。真的是经历了许多事……如果要将这十年间的经历都写出来，恐怕要花两三年才够。

有句话叫"穷困潦倒"，十年来我的确是日渐穷困潦倒。但是仔细想来，自从和你结婚一年后，我走进京都河原町的百货公司买哈密瓜、怀念起由加子而决定上六楼寝具卖场的那一瞬间起，我便开始走下坡了。

十年间，我待过的公司十根手指头也不够数，经手过的生意也超过三四种。跟好些女人发生过关系，其中有人还养了我三年。现在我跟一个女人同居生活。她是个温柔的女人，愿意照顾我这个麻烦的男人，然而我却感受不到她的爱情。

如果拿相扑来比喻我这十年的时间，可以说是一靠上去就被推回来；想要顶向前，转身就被化掉；正要来个过肩摔反而被摔得更惨；打算伸出左脚绊倒对方，自己的右脚先被对方勾住了。做什么都出状况，简直就像是被鬼附了身。和你在藏王的重逢，说穿了正是我人生跌入谷底的时刻。

我到达藏王温泉后，先踏上温泉乡充满硫黄味的坡道。道路两旁的旅馆栉比鳞次，但是一想到荷包的状况，就知道自己跟这种地方没有缘分。

我在香烟铺问到独钻沼泽旁有便宜的小木屋，只好前往缆车站。我在大理花公园旁边搭上登山缆车，到了独钻沼泽后步行到小木屋，走进去询问住宿两到三天的费用。

由于比我估计的还要便宜，我便安心地坐在肮脏的长椅上休息。店家表示现在既非旺季，又没有其他客人居住，无法提供太好的服务，就连食物也只能弄些现成的东西，这样也可以吗？我答应了。老板于是带我上楼到冬天总是挤满年轻人的二楼房间。

年轻老板告诉我："一楼是商店和餐厅，二楼是客房。到了冬天，二楼便成了直接的出入口，因为积雪高达四公尺时，一楼会整个埋在雪里。如果想洗温泉的话，请搭缆车到温泉乡，那里有收费便宜的公共澡堂。"

提早吃完晚餐，我再度搭缆车下山前往位于坡道中段的公共澡堂泡硫黄浴，然后到小咖啡厅喝杯咖啡，才又返回独钻沼泽旁边的小木屋。一如你在第一封信里写的，那一晚看不见月亮和星星，我八点左右就躺进了被窝，睡得跟泥人一样。事实上我已经成了泥人。

隔天早上用完早餐，突然很想喝咖啡，就又搭缆车到温泉乡那家前一晚去过的咖啡厅。本来打算一直耗到中午左右，但想到必须要跟大阪的朋友联络。向店家借电话用，却又想到那个跟我合资开公司的朋友应该像我一样忙着筹钱吧。说不定也被坏人追讨而躲了起来。那男人虽然有家室，但另外有个相好的女人，如果他要藏身，肯定就是那里。

可是我把记了那女人家电话的笔记本放在了小木屋二楼的小旅行包里。我赶紧回到大理花公园，大概是太心急了——其实等下一班也不要多久，却慌忙跳上有人乘坐的缆车，就这样遇见了你！

当我看见眼前坐着一位穿着高雅的女士，我恐怕比你想象的还要惊讶。我胡子也没刮，穿着破鞋，衬衫领口满是污垢，几乎成了泥土颜色。任何人一看见我这副德性，也知道我现在的处境如何。

我惊慌失措，只希望赶紧从你眼前消失。一走下缆车，尽管对你依然怀念，还是头也不回地往小木屋走去，然后立刻上二楼躲在窗户边，远远眺望你和拄着拐杖的清高慢慢经过，直到你们穿过森林、右拐走进山路、完全看不到身影为止。我在那里伫立了很长一段时间，看着你们消失的转角。

投射在那条路上的金色光影就像过去我的人生中未曾见过的寂寞荒凉的光刃，一道道刺进我肮脏污秽的心里。我忘记了要给朋友打电话，好长一段时间靠在窗边，等待你和清高再度从山路的转角走回来。

好几个钟头以后，再一次认出你在树荫光影下的身形，感觉一股热水从我胸口喷出。我心想:亚纪已经是别的男人的妻子,也为人母了,看起来生活富裕美满。你完全没注意到我在小木屋的窗边看着你们,你们还是跟刚刚一样悠闲地走着,消失在前往缆车站的林荫小路上。

那一晚,小木屋除了我还是没有其他客人。和我同样岁数的老板搬来了柴油暖炉,试图聊些有趣的话题,可是看见我丝毫没有笑意的表情,赶紧交代一声"睡觉时不要忘记熄火"便下楼去了。

大概是九点左右吧,或许就是你和清高在大理花公园眺望星空的时间。我关掉房间的日光灯,只点亮小灯泡,躺在被窝里。耳边传来沼泽周遭风吹打树木的声音,还有楼下小木屋老板夫妻断断续续的谈笑声。不时有金龟子之类的甲虫飞过来撞上玻璃窗发出声响。

我闭起眼睛,闻着在各种杂音混合下反而显得安静得可怕的房间霉味。一种令人怀念的气味。

这时房间角落传来奇妙的声音,我爬出被窝,瞪着声音来源的角落,看见两颗琉璃般的小珠子闪闪发光,仔细再看,原来是一只猫弓着身子朝着一个方向慢慢靠近。

等到眼睛适应黑暗,逐渐看清猫的大小和毛皮,还有颈子上的红布制项圈。应该是这屋子养的猫吧。我拿起枕头打算丢过去赶它走,就那一瞬间,看见房间的另一个角落有只老鼠动也不动地和猫保持对峙的局面。

我还记得小时候,大约是六七岁吧,亲眼看到猫吃老鼠的场面，但是这已成了近来难得一见的光景。我心想不知结局如何，便仔细观察两只动物。

猫完全无视我的存在，竖起耳朵前进一步后便慎重地等待下一步动作的时机，就这样逐渐往老鼠的位置逼近。

我巡视房间四周，看看老鼠有没有地方脱逃。房门关得紧紧的，玻璃窗锁着，还拉上了窗帘，看来是无处可逃。

抬头看天花板，老鼠所在位置的正上方有个破洞。就在我以为老鼠要沿着墙壁逃进洞穴时，猫已经扑向了老鼠。老鼠像被鬼压身，毫不抵抗。猫前爪压住老鼠的背，然后才第一次正眼看我。眼睛眯成细缝，显得很得意，接着玩弄起老鼠。

猫将老鼠丢到空中，凌空翻转的老鼠这时才试图逃跑，但是立刻又被抓住，而后再度被丢到空中。

同样的动作重复了好几次，一如玩弄皮球一样，猫柔软的动作中带着一种天真的气息。看着两只动物互动，与其说是杀害者和被杀害者之间的紧张关系，倒像是两心相许的伙伴正在游玩一般。猫将老鼠丢向空中好几十次，直到老鼠一动不动地躺在地板上，它又把老鼠转来转去，一副感觉无聊的神情看着我。就在我心中念着差不多该适可而止了吧，猫一口撕裂老鼠的肚子开始吞食。

眼看着活生生的老鼠身体逐渐消失，一下子头颅向后仰，一下子手脚抽动。等到老鼠完全不动后，猫舔舐着滴落在榻榻米上的鼠血，之后又吃起死去的小生物，连骨头也不放过，我还听见牙齿咬碎最后一块头骨的声音。滴落的鼠血被舔舐干净后，猫又举起前脚清理嘴边的余屑。不知是不是不对猫的口味，榻榻米上还残留着老鼠尾巴。

我心中瞬间浮现出杀死这只猫的念头，不断涌起对这只猫莫名的憎恶。房间入口有一只空置的玻璃花瓶，我悄悄起身拿了花瓶，靠近还在舔舌头的猫。

猫一看见我，立刻竖起背上的毛，往门的方向移动。它大概看穿了我的想法吧，我心想怎能让它逃跑，这里根本没有出口。没想到就在门边的墙上破了个大洞，洞口大得别说是猫，就连狗也钻得过。洞外面盖着木板，所以我一时没看出来，但是猫却很清楚。猫推开木板一溜烟便跑了。

我坐在被窝上抽烟，看着残留的老鼠尾巴。不知过了多久，我捻熄不知是第几根的烟，躺进被窝里。这十年来，我心中始终存在的好几个疑问又再度浮现脑海。由加子究竟是什么样的女人呢？为什么要动刀子割喉自尽呢？会不会我对由加子就像对那只老鼠一样？不，还是说由加子才是那只猫呢？为了对你说明我为何有这些疑问，我必须写出我和由加子之间的一些往事才行，只不过得留待其他机会再说。

那个晚上我完全没能合眼，躺在被窝里想心事。或许是活生生遭吞食的老鼠所引发的特殊感受让我十分亢奋吧。我想了很多：你穿着葡萄色衣服经过我眼前的身影、和你

82

相识到离婚为止的几年间、过世的濑尾由加子、在舞鹤的少年时光、开出去的空头支票、今后的财源……就在东想西想之际忽然领悟：原来猫和老鼠并非他人，不就是我自己吗？在孕育自己生命的无数个心中，看见了或生或死的猫和老鼠。于是我想到了：那一天我漂流在死的世界，其实是看见了生命的本质吧？

那一天，十年前出事的那一天。我要就我记忆所及，正确无误地把那一天的事写出来。

我处理完公司事务后，坐上等待许久的公司的车前往京都。京都某私立大学为了纪念创校一百周年，打算兴建图书馆和纪念堂，好几家建设公司都出来投标。

我们公司虽然不是很想获得这项工程，但是因为谷川建筑承包商丢出了超乎常理的估价单，展现出绝对不让星岛建设标到该工程的企图，所以你父亲简单地要求（他一向简单交代，却给人分外的压力）："标到这项工程！"我是该业务的直接负责人，通过认识的大学教授与校长、理事长接触。我开口邀约："生意的事先放一边，不如找个清静的地方，大家好好聊一聊。"对方也有意赴约，便有了这一次在祇园"福村"的接待。

我的大学友人在"福村"便已喝得烂醉，校长、理事长因为高龄，婉拒了换个地方再喝的提议，我只好派车先送他们回家。由于我已经预约亚尔酒吧作为继续喝酒的地点，便要司机把车停在路边，利用公共电话说明今晚取消预约的缘由。

平常我会直接改搭出租车回岚山"清乃家"旅馆，等待下班回来的由加子前来会合，但是那一天接电话的人是由加子，她表示当晚不想过来。我询问理由，由加子沉默不语，于是我想起来由加子家中最近总是有男人到访。是某所大医院的经营者，年纪约五十二三岁、体态发福的男人。早在三个月前他就开始说服由加子，说要帮她开家店。我听由加子说起这事便回答："与其一直生活在这种世界，倒不如自己开店。"我是真的这么认为。

一方面我觉得和由加子的关系并不会长久，甚至还希望早点结束算了；但是另一方面，我又对由加子有着根深蒂固的爱恋。"今晚又要陪那个男人吗？"由加子没回答。我感觉由加子打算那么做——其实这是由加子的自由，我无权阻止，然而嫉妒真是奇妙的感情，我竟一反平常的口吻生气地表示"我在清乃家等你"便挂上电话，让公司的车回去，自己搭出租车前往岚山。

我明知由加子不会来，还是继续等待。半夜三点钟左右，由加子走进房间，一句话也不说，直接走进浴室淋浴了很久。

"清乃家"是家古老的旅馆，但为了我们这种住宿的客人，特别在房间里加盖了浴室。看见穿着浴衣坐在我旁边的由加子的脸，我吓了一跳。初中时那个在舞鹤的黄昏，低垂的头发濡湿、侧坐在一旁的由加子出现了。我静静看着由加子，手伸进由加子浴衣的下摆，滑入她大腿内侧，正准备继续深入，由加子侧坐着整个人向后躲开。过去她总是配合我的动作，那一夜却拒绝我。

"你和那家伙睡过了？"我质问。由加子说："对不起。"然后便用锐利的眼神瞪着我："明天在我还在睡觉之际，你就要回去了，不是吗？"我和由加子彼此无言地对看了许久。"你总是离开，总是回到自己的家。绝对不会回到我这里……"由加子低着头说。"那个男人难道就不离开，不回他家吗？"由加子低着头，轻轻点了点。

我也变得异常冷静，心想干脆就分手吧。我站起来紧紧抱住由加子，从很久以前我就感觉她是个可怜的女孩。由加子很美，有着独特的惹人怜爱之处，更让人觉得她是不幸的。我诚实告白："好好摆布对方，让他拿出钱来吧！对方不是很有钱吗？比起没出息的男人，跟这种人还有点好处。拥有自己的店，好好努力赚钱才是真的。我什么都不能帮你，但是在舞鹤认识你以来就一直喜欢你，是你教导我什么是恋爱。我不能报答你什么，只能答应从此不再出现在你面前。"

我的心中有两种心情，一种是像气泡般浮现的嫉妒，另一种是安心——这下子什么麻烦都没有就能分手的安心感，让我表现出成熟稳健的态度。然后我们就躺进被窝，闭上眼睛。一开始我睡不着，渐渐便沉睡了。

而后感觉右胸口有种沉重的痛楚和温热，张开眼睛看见由加子坐在旁边，一双细长的眼睛瞪着我。由加子扑上我的那一瞬间，我感觉脖子传来火烧般的剧痛，下意识间我推开由加子站了起来。黏湿的液体在我脖子胸口流动，我看见被窝上滴落的血迹，而由加子的脸渐渐在我眼前逐渐变黑，最后什么都看不见了。

根据警方的说明，由加子刺杀我之后，拿刀从自己右边耳朵到下巴割开了一道约七厘米的伤口。耳朵部分的深度是三厘米，显示一开始很用力刺，随着刀势滑落，力道也跟着转弱，到了下巴，伤口逐渐变浅，最后一段只有两毫米深。警方还说因为由加子倒在壁龛里我才能得救。

由加子倒下时，左手撞到呼叫前台的电话听筒，前台的呼叫铃声响个不停。那时旅馆老板已在自己房间就寝，前台只留下年轻的服务人员，当时正在旅馆最后面的大浴场做事，没听见呼叫铃响。服务人员检查过热水器的问题后才回到前台，据说已经是二十分钟之后。警方推测服务人员至少有十到十五分钟没注意到铃声响。

如果他继续做其他事，我肯定必死无疑。服务人员拿起响个不停的话筒回应却听不到回答，可是房间里的话筒又没挂上，他不放心地来敲我们的房门，一样没有回应。前台的呼叫铃声持续作响，他才拿钥匙开门进来检查。

当时由加子已经断气了，我还有脉动，一息尚存。我不知道是在旅馆一团混乱的时候还是到达医院以后，当时的我一直处于一种奇妙的状态。

我想大概是不省人事之后的一段时间吧，我感觉身体发冷，而且不是平常所谓的冷的感觉，而是那种听见全身发出逐渐冻结声音的冰冷。在令人害怕的寒冷中，我走回自己的过去。我找不到其他说法来描述当时的情境。

　　过去我做过的事、曾经有过的想法，各式各样的影像以极快的速度倒带回去。虽然速度飞快，每一个画面却在我脑海中清晰闪过。包围在寒冷的气氛中，眼前飞过种种影像。我还听见了人的声音，我记得很清楚，那人说"大概已经不行了"。

　　渐渐地，影像通过的速度变慢，同时出现了我难以言喻的痛苦。影像摄取我过去的行为、思考，将我丢在其中。那些是我过去做过的恶与善，除了这个说法，我找不到其他字眼来形容。

　　那不单是道德的恶与善，或许应该说是区分成生命中染上的毒素和洁净的东西，分别附着在我身上。而且当时我看见自己的身影正在往死亡的路上前进。就像另外一个自己目睹自己被迫极其痛苦地清算过去所累积的善与恶。

　　也许有人说我是做了梦，但我确定那不是梦境！因为我的确是站在旁边不远处看见自己在医院的手术室里接受急救。我还记得医生说过的话。恢复之后，我向医生印证过。医生侧着头惊讶地说："你听得见吗？"我不仅听得见，还能从别的地方看见我和医生、护士，甚至手术室里所有的医疗用具等情景。

听见医生说话的人并非躺在手术台上的我，而是站在不远处看着自己赴死的另一个我。忍受剧痛的人也不是躺在手术台上的我，而是注视这一切的我自己。

我刚刚写到看着忍受清算自己过去所累积恶与善的剧痛的我，其实我说错了。写信的此刻，我试图挖掘记忆深处，发觉被迫清算自己过去所作所为或未实现的想法等恶与善时，之所以感受到令人发狂的苦恼、寂寞、莫名的悔恨，其实是看着即将赴死的我的另一个自己。我一定是在当时很短暂的时间内觉得自己死了，不然该如何解释另一个自己呢？应该不会是脱离我的肉体的生命本身吧？

不久，我又觉得暖和了，苦恼、寂寞、悔恨也跟着消失，另外一个自己不见了。直到意识恢复，完全处于黑暗之中，没有任何记忆。

我听见有人呼唤"有马先生、有马先生"，混浊的视线前面是一个看似护士的中年妇女的脸。不久你来了，好像跟我说了些什么，但我不记得内容。之后我又睡着了。

不管有没有人相信，这就是我十年前体验的事实。至今我没对任何人提过这个奇妙的经验，本来还打算终生不再提起，可是看到你信中写到"生和死或许是同一件事"，一瞬间我陷入了异常的兴奋和沉思。"随着死亡，生命的一切也跟着消失"的这种想法，或许是人类傲慢的理性所创造出来的一大错觉，我不禁这么想。

我因为复活了，那个看着我的另一个自己消失了；但如果我死了，那个"自己"将会如何呢？是否会变成没有肉体也没有精神的生命本身，融化在宇宙之中呢？而且会带着自己累积的恶与善，过着永无止境的苦恼岁月？

我要再一次强调，我看见的绝对不是梦境！我甚至觉得那正是生命之为物的真实。

在提起这段经历之前，我说过其中"没有任何思维与逻辑"，但我也不能否认其中仍不得不掺杂我思索过后的解释。之后我也不止一次思考，那另一个自己是不是俗称的"灵魂"？"灵魂"这东西究竟是什么？是否真的存在？我也不知道。但是我看着自己濒死（不对，某段时间内我确实已经死去），我不觉得那个"我"是自己的灵魂呀。

如果真有灵魂，难道不应该是我们处在活的状态中，由灵魂来主导肉体和精神的活动吗？那么，心脏的跳动、血液循环、好几百种荷尔蒙分泌、奇妙的内脏作用等，还有内心无时无刻的无限变化，都应该受到灵魂的控制才对。

请仔细想一想，人并不是那样子的呀。我们的身体自主地活动、自主地哭笑和生气。我们的生命并非随着灵魂这东西而生存、起舞呀。

另外一个自己累积了我们人生的恶与善，苦于永无止境的烦恼，在我们死后继续存活，这绝对不是"灵魂"这种暧昧的说法，而是让人类有喜怒哀乐等感受、有复杂微妙的肉体及精神活动的"生命"本身呀。这是我的想法。

绝对不是灵魂，而是无色无形、无法用言语形容的生命本身。随着身体逐渐复原，我从医院窗口看着显示春天即将到来的自然变化，内心不断思索这个问题。

我永远不会忘记自己所体验的这个奇妙事实，因而对于"活下去"一事感到害怕：这次没有死于这个事件，但总有一天我还是要面临死亡。我会被装进棺材、送到火葬场烧成骨灰，我将无形无影地消失在人世间；然而我的生命背负着自己所累积的恶与善将继续存在，不会消灭。这一点让我浑身颤抖。我又闻到最后一夜抱在我怀里的由加子的体味，由加子像个孩子般对我所言——点头的样子在我眼前浮现。是我杀了她，这个想法深深根植在我心中，直到今天依然不散。

尽管我看见了自己的生命本身，这个想法还是没改变。我必须拥有完全不同的人生才行，在我疗伤的过程中逐渐形成这个想法。

我知道我让当时的你受了多大的伤害与悲伤。我对你的爱意在出事之后反而变得更加浓厚，同时对于已不在人世的濑尾由加子，那种痛彻心扉的爱情也迅速膨胀。

就在这个时候，星岛照孝先生暗示我离婚。难得他说话迂回婉转，态度却很坚决。如果我没经历那段奇妙的过程，大概会低着头拜托你父亲：只要您愿意，请让我们夫妻重新来过吧。但是我必须改变自己，那个"自己今后必须有不同人生"的决定动摇了我。确定出院的那一晚，我在数日摇摆不定的心上画下了休止符，决定和你离婚，面对新的人生。

我的确变了。尝试不同以往的生活方式，我变成了泥土般的男人，为生活所累，成为没有光彩的人。这些就不必多说了。

我在藏王小木屋的房间里看着猫吃老鼠的同时，你应该在距离不远的大理花公园里，和身体残障的清高眺望星空吧。

我和你们母子各在不同的地方欣赏不同的光景，但或许看到的都是一样的东西也说不定。真是不可思议呀，人生有时就是充满了悲伤。不，我不应该写这些的。我想这封信就到此为止吧，再继续写，恐怕会写出更多不该写的内容。请你保重身体，平安生活。因为莫扎特的音乐带给你的感受，让我写出了原本打算毕生都不公开的生命体验。就请把它当作是我一厢情愿的说法，不必太在意一个杀了欢场女子的落魄男子的戏言。

有马靖明　草字

七月三十一日

附记：因为不能以有马靖明的名字直接寄信到你新建立的家庭，我在信封的寄信人位置填上了女性假名。我想你看到笔迹应该就知道是我的来信。

致　有马靖明先生

前略

我哭了。读着你的信，无法抑制的泪水不停地流。啊，原来你躲在独钴沼泽附近小木屋的二楼，偷偷看我们走过……你还一直站在窗边好几个钟头，等待我们再度经过林荫光影的小路回去……我完全没想到竟会是这样。这封信接着该写些什么，我也没了主意。没有主意地看着信纸，我又感到热泪盈眶。

"亚纪看起来生活富裕美满"，为什么你这么写呢？的确，相较于世间一般的家庭主妇，我是富裕美满，身体健康，可是你没写"亚纪看起来很幸福"。我知道你是故意的，因为你早已看穿了我。所以你才会伫立窗边等待数小时，看着我的身影再度经过小木屋前回去。一定是这样子。

我边哭泣边读信，看到那段奇妙的经验，不禁受到冲击。

读完整封信，头脑昏沉，安静地等了好一阵子让自己恢复平静，然后重读一遍你濒死前感受到、看见的那一部分。我反复读了好几遍，终究还是超越我能理解的范畴。

你用了"自己所累积的恶与善"的说法，我甚至连恶与善是什么意思也搞不清楚。究竟你所说的恶是什么？善又是什么？这些都是我无法理解的。但是我知道你不会凭空乱写，那是你真实的体验。因此关于这件事，我完全不知道该如何回应，也许最好不要提及才是。既然你只把那段奇妙的体验告诉我一人，我应该放在心里秘而不宣才对。

十分感谢你读了我那两封冗长的信，甚至愿意回信。我有预感，这次你也会再回信给我吧。想到你肯读我的信并且回信，就有种十分幸福和带点背德气氛的感觉。你一定会苦笑吧，然而我也很清楚我们的书信往来（如果你还肯继续回信的话）总有一天必须结束。

今天我实在太激动了，对于该如何下笔竟毫无头绪。或许该沉淀数日，等心情平静后再提笔。只是，昨天一收到你的来信，我就渴望能立刻写信给你。

之前我先生去了美国，我自己的时间空了许多，他回国后，我又当起忙碌的家庭主妇。今天早上我先生出门后，清高一个人关在房间里不肯去上学，我问他理由，他只是嘟着嘴，始终摆着一副强烈不满的神情，整个人缩在床上一句话也不肯说。

一定是在学校里遇上了什么事。因为他无法清楚地告诉我遇上什么事，每次一不对劲就以这种方式对我撒娇。我严厉告诫他，换好西装、等待公司车的父亲却制止了我："既然他不想上学就随他高兴好了。"每次都是这样。父亲认为清高身体已经这样子，就该好好爱护他，我却觉得就是因为身体如此才不该任凭他哭闹，宠坏了他。我们之间为了小孩的事常常起争执。

确定清高有先天性缺陷，是在他一岁三个月的时候。他不会坐也不会爬，脸上表情的变化很少，对周围声音、动态的反应也很迟钝。

我在那半年前就觉得这孩子有问题，心想该不会有什么异常吧？因为害怕自己的预感成真，一再延迟送医院检查。育儿书上写，有的幼儿到了五个月大就会坐立，也有的幼儿到了八个月大还不会，所以我认定清高应该是比其他小孩发育慢。然而到了一岁三个月，他还是不会坐立，我不禁感到害怕。

医生告知是先天性脑性麻痹，从肌肉僵硬的状况来看，病症还算轻微。那一天，我不知道自己是如何抱着清高回到家里的。

直到傍晚时分，育子一脸担心地走进房间，才发现我始终将清高抱在怀里、端坐在婴儿床旁边，眼神涣散地看着地毯。当时在激烈的悲伤与不安中，心智几乎失去正常。半夜起来给他换尿布时，我冒出一个想法：我又没做坏事，为什么有这种命运？我看着丈夫的睡容，一个从来没有的念头油然而起：如果是和有马靖明生的小孩，清高或许就会四肢健全吧。

多么可怕的念头呀！这是多么侮辱自己丈夫的想法

呀！可是我却很认真地这么想。清高是我和胜沼壮一郎的孩子。如果我没和他结婚，就不会生出清高这样的小孩！都是你的错，都是有马靖明的错！是你让我生下清高这个可怜的孩子。

当时的我在小灯泡的光线下一定呈现魔鬼般狰狞的面孔。不能原谅，我一生都不能原谅有马靖明这男人。都是你，都是你的错，我在心中呐喊。

随着清高长大，与生俱来的缺陷清楚地呈现在我们眼前，我对你的憎恨也变得越来越强烈、越来越巨大。

啊，我的确太亢奋了。手不停地颤抖，手指完全使不上力。读完你的来信之后的亢奋，和过去对你抱着连自己也感到害怕的强烈憎恨结合在一起，我有些语无伦次。对不起，请原谅我。

今晚我还是就此搁笔吧。就算你不回信，我还是会继续写给你的。我又流泪了，为什么今晚我的泪水这么多……我究竟是怎么了？

胜沼亚纪　谨上

八月三日

致　胜沼亚纪女士

前略

看到你一向工整的笔迹竟然微微颤抖，到了最后一行甚至歪七扭八的，让我踏进了好久没去的站前小酒馆，独自坐在吧台前喝酒，直到打烊才离去。

好久没有这样喝酒了。带着沉重的心情喝酒，自我嘲讽地想：假如根据三段论法来看，让你拥有先天性残障小孩的人的确应该是我。我甚至陷入黯淡的沉思，想到在京都的百货公司，我一时兴起前往六楼寝具卖场的事。不，如果要进一步追溯既往，应该是在我初中因为父母双亡被绪方夫妇收养而来到东舞鹤车站时，让我和许多人有了命运的交集。

没错，诚如你所说，一切都是我招惹来的，我却不得不认为：这十年来我为此一直在受到惩罚。不知不觉间，我喝多了威士忌。

酒馆里和我一样岁数的酒保不时跟我说话，但我仍然一言不发地注视着酒杯中的液体。这家小酒馆的客人尽是些混过黑社会的小流氓，如今则在附近柏青哥弹子房当店员，或是在小镇工厂当个落魄员工，没有正职的则到处打零工，没事就在自行车竞赛场或赛艇场鬼混。偶尔为这家店感到惋惜，这里其实该有更正经一点的人来喝酒才对，偏偏都是这些人在污浊的空气中拼命地抽烟、调戏酒保的年轻老婆（他俩对客人隐瞒夫妻的关系，但我早就暗地观察到真相了），聊些猥琐的话题，因为无聊的笑话而放声大笑……几乎不到打烊时间不肯离去。

我曾在信中提及与濑尾由加子的往事：我被人丢进十一月的舞鹤之海，接着由加子也跳进海里，最后我和由加子全身湿答答地前往她的家。我们换了衣服，在二楼由加子的房里围着暖炉相视以对，她以不像是十四岁女孩的媚态贴近我的脸颊，亲吻我的嘴唇。之后我又加了以下这句"十四岁就能毫不犹豫地对男生那么做，只能说是濑尾由加子这个人天生的业吧"。随着醉意渐浓，我不断回想自己写过的内容。虽说是自己写的文字，但究竟所谓的"业"是什么呢？

我沉思良久，内心不由得回味由加子身体的触觉。就在这么做的同时，忽然之间我对于那个紧紧在旁不肯离开、注视着死去的我的"那个东西"，仿佛有了些模糊的了解。它应该是我做过的每件事，还有未曾付诸行动但留存心中的恨意、愤怒、关爱、愚蠢等物的结晶，深深刻画在生命里，成为永不磨灭的烙印，那是在我进入死亡的世界后回过头来拷打我的东西。我心中浮现由加子的往事时，这个想法与闪过脑海的"业"一字似乎产生了关联。为什么有关，我也不清楚，只是觉得两者之间好像有一点相通。

可是我渐渐烂醉了，酒馆里俗艳的紫色灯光和成排的威士忌酒瓶交错旋转，我感觉呼吸有些困难。不知道过了多久，背后有人摇晃我的肩膀，我恍惚着回头看，一个女人站在那里，是跟我同居的令子，因为担心我，所以来接我回去。

令子付了钱给酒馆老板，我脚步不稳地踢开门走到外面。一条狗站在路边，我觉得自己还不如那条狗。人影三三两两下了末班电车，超越我，往各自的方向消失而去。我觉得每一个人都比我有出息。我想起从藏王独钻沼泽旁小木屋二楼看见的你和清高的身影，觉得自己就像是丢弃在臭水沟里的破鞋一样。

令子默默地保持一小段距离跟在我身后。我醉得话都说不清楚，但还没严重到神志不清。走着走着，感觉胸口很难过，赶紧整张脸趴在路边，吐出了胃里面的东西。令子轻抚我的背说："回到家后，我拿湿毛巾帮你擦身体。"我却对令子说："我讨厌你！"推开她后又冷言冷语讥讽说，"伺候我这种男人，其实你很高兴，我早就知道了。装出一副担心的样子到酒馆来接我，没等我开口要求就先把酒钱付了，隔着几步跟在我后面走，装出奉献自我的形象，其实是在扮演独角戏。我的呕吐正是你求之不得的好事，让你能拍拍我的背，回到家后用湿毛巾帮我擦身体……说这些话的同时，你对于自己的贤淑温柔感到陶醉。所以我讨厌你，根本感觉不到你的爱意。就算我们现在分手，我也不觉得痛痒。"

令子就像没做什么坏事的小孩突然遭老师责骂一样，困惑的脸上夹杂着无邪和难为情的表情。她茫然地看着我的脸，然后用若无其事的口吻说："人家从来没想过要跟你结婚……"

"那就分手吧，我会离开你住的地方。"我竟然说得有些结巴。

令子今年二十八岁，一年前和我认识。对令子而言，我是她第一个男人。活到二十七岁还不认识男人的她，高中一毕业就进入大型超市工作一直到今天，除假日之外，每天站在收银台前不停地将客人买的商品编号和价格输入机器里。将近十年，她几乎都是这样过日子，现在唯一的乐趣就是每周四的公休日做好便当约我去野餐。倒不是她喜欢做菜，只是没想过存钱到夏威夷、关岛旅行，或是花钱买衣服。身材娇小，皮肤如婴儿般白皙，双眼皮下圆滚灵动的眼睛，一如青春期少女般清纯无瑕。不长舌，但有时安静到令我紧张。如果沉默也算优点，她就是这样的女人。

令子家里有六个小孩，她排行老二。姐姐是领死薪水的上班族，有个平凡的家庭；两个弟弟高中毕业后没有升学，一出门就是好几个月不回家，回到家也只知道偷父母的钱继续往外跑，完全靠不住；剩下的两个妹妹还是高中生，却几乎不上学，成天浓妆艳抹，在闹区鬼混。令子的父亲是木匠，十二三年前因为工作伤了腰骨，导致无法继续赚钱。从此家里的收入没了，只靠妻子在小镇工厂的微薄薪水和长女及令子每个月寄回家的小钱过活。这些都是令子告诉我的，我还没见过她的家人。

回到住所，我脱光衣服倒在令子铺好的被子上。因为很热，我要她打开冷气。令子说喝醉酒吹冷气对身体不好，改用脸盆装冷水，从冰箱取出冰块加进去。她把毛巾泡在冰水中，取出拧干后擦拭我的身体。从额头、脸、耳朵后面、脖子、胸口到腹部，然后是背部。令子安静地不断用冰毛巾帮我擦身体。擦完整个身体后，她端坐着俯视我的裸体，手指抚摸着我脖子和胸口上的伤痕。

关于我的伤痕，我从未向令子说明，令子也不会惹我不高兴，问我伤痕是如何来的。所以那一天是头一次，令子明显地以手指滑过我的伤痕。

冰毛巾擦拭身体果然很舒服，但是擦过之后身体反而更加炽热。我对令子说："再帮我擦一遍，很舒服。"令子又帮我把全身擦了一遍。我对帮我擦身体的令子说："时候不早了，睡觉吧。"墙上的时钟指着半夜两点，而令子一向是早上七点起床做早饭，八点半出门上班。"人家明天不去上班了……"令子声音失落地回答，又继续盯看我脖子上的伤痕。她说休假积了很多，请两三天假不上班也没什么关系。

可是我突然想到，和令子同居以来，除了公休日外，这是她第一次说要请休假。看来我刚刚无心说的话伤了令子的心吧。我又跟令子说了声"我们分手吧"，便闭上眼睛。闭着眼睛的时候，我呆呆地想着：或许我今晚对令子做的事，也正是当年对由加子做过的事。

这不是很奇怪吗？跟十年前相比，我改变了许多，却又重蹈十年前的覆辙。不知为什么，我的心情平静安详。令子关掉房间的电灯，换上睡衣，在我旁边铺好棉被，趴下来后脸转过来面向我，对我说起往事。一开始说话的声音很小，听不清楚，渐渐地充满力度。

"我的祖母七十五岁那年过世，当时我十八岁，最小的妹妹还没进幼稚园。我还记得葬礼那天下雨又很冷。

"和姐姐、弟弟不一样，邻居常取笑我是祖母的小孩，我也觉得祖母特别喜欢我。祖母常常遮掩自己的左手，穿和服时藏入袖口，穿围裙时就伸进口袋，因为她一生下来就少了左手小指，天生畸形。听说从小就因为这样常被邻居小孩欺负。祖母生了五个男孩，其中四个都死于战争，分别是在缅甸、塞班、莱特岛和菲律宾等不同地方，几乎是同时战死，而且是在离战争结束不到一个月的时间。

"当年祖母常让还年幼的我坐在她面前，每隔几天传来儿子的死讯，她便哭天抢地地诉苦。不管她说了些什么，最后总会提到同样的话题。或许是我从小比起其他姐弟愿意听人家说话，祖母不管说几遍同样的话题，我脸上都不会露出厌烦的表情，而是用拇指和食指轻揉自己一边的耳垂，听得很认真。揉耳垂是我从小就有的习惯，所以总是有一边耳垂发红炽热。到现在工作的时候，还会一只手按机器的键盘，一只手搓搓耳垂，等意识到自己的行为才赶紧放下。

"每回祖母说完话，一定让我看她畸形的左手，然后说：'那些躲在距离战场很远的安全地方、不断派人出去打仗的人，来生转世绝对不会做人。不管是战胜国还是战败国，上面的人都是一样的。他们转世一定会变成人们讨厌的蛇、蚯蚓、百足之类的生物。就算投胎成人，也一定遭人追杀，得到应有的报应，最后短命而死。'说这些话时，祖母的表情总是皱成一团，看在小孩子眼里是那么坚决毅然。祖母相信人死后必有来生，证据就是她那出生以来只有四根手指的左手。'看看我这只可怕的手。'为什么说完那些话后，她要让我仔细看她畸形的手呢？至今我仍不明白。

"祖母说：'这个手指让我明白了一件事。倒也不是什么很确定的理由。我那四个受征召当兵的儿子接连在遥远的南洋战死，然后战争就结束了，然后很快又过了一年，我即将五十一岁了。走在一片灰烬、炎热的大阪市里，我心想，为什么我的儿子活不到三十岁就得死？说不定我会在哪里跟死去的儿子重逢。不，我们一定会重逢的，而且不是来世。就在今生，我会跟其中三个可爱的儿子再见面。想到这里，无与伦比的喜悦混杂着难以言喻的悲伤让我流下眼泪。我从裤子口袋伸出只有四根手指的手举在阳光下。我就这样子站着，对着我可怕的手看了许久。连我自己也觉得这只手丑陋得可怕，可是不知道为什么，就是因为这只丑陋可怕、天生就只有四根手指头的手，让我觉得今生一定会再跟我的儿子重逢。'

"这些话我听了好几遍，对我而言跟听故事一样。我端坐在祖母面前，直到祖母说累了停下嘴，我始终揉着耳垂听她说话。

"听她说话的时候，我总是纳闷地想：为什么祖母的四个儿子战死了，但她相信今生将重逢的儿子不是四个而是其中三个呢？但我始终没问，只是安静地听她说话。

"祖母说完后一定会加上一句结语：'夺人性命最可恶。不只是别人的性命，自己了断自己的性命也是一样。'祖母告诫我，'这个世界上有很多坏事都不可以做。而这两种却是最恐怖的坏事。'

"祖母为什么说这些话，我是在几年后当了高中生、祖母过世前不久才知道的。祖母说她四个儿子都战死了，其实并非如此；其中一个，祖母说谎了。这是我爸爸告诉我的。

"其他三人的确是战死的，但是在缅甸的、排行老二的贤介，因为看见饥饿和疟疾让许多战友接二连三地死去，有一天自己一个人走进森林里上吊自杀了。战死的谎言是来自军方的通知，祖母是在战后从缅甸遣返的军人口中知道了真相。那个军人将贤介的遗骨装进四方形小纸盒中，还带了眼镜、破烂的笔记本等遗物来到我家。听说祖母一脸苍白地听着贤介不是死于敌人的枪弹而是自杀的实情。笔记本里只写了一句话：'我不幸福'。

"祖母葬礼那一天，捡完遗骨之后，为了招待远道而来的亲友，妈妈和我在狭窄的厨房里忙进忙出，准备简单的饭菜。忽然间我想起小时候祖母常说的那些话，心想：祖母活着的时候，是不是真的感觉到了会在哪里跟她的儿子相逢呢？深信此生一定会与儿子重逢的祖母，是否真的遇见了他们呢？

"端送清酒、啤酒时，我认为祖母并没有感觉到这些便过世了。但是说来也很奇怪，我又觉得祖母生前应该与她死去的儿子在哪里重逢过吧，只是祖母不知道对方是她死去的儿子，对方也不知道祖母曾经是他们的妈妈，双方只是在某个地方、在某一瞬间打过照面。

"想到这里，我感觉一种不知是高兴还是悲伤的情绪包围了我，激动得快要流出泪来。我想是因为守灵和接着举行的葬礼太过疲倦，让我的心灵变得悲伤和敏感吧。我终于理解祖母为何说她今生重逢的儿子人数是三个而非四个：因为她认为不可能再见到自杀身亡的贤介，她相信贤介自己了断自己的生命是无法再投胎做人的。

"我仿佛明白了祖母的想法。四个儿子都是祖母亲生的小孩，每一个都是心肝宝贝，都是因为出征而没能回来。我觉得这四个人之中，在缅甸丛林里上吊自尽的贤介或许才是她最想再见的儿子吧。贤介才是祖母最喜欢、最疼惜、终其一生想念的儿子吧。"

令子絮絮叨叨地说完这些，头窝在我的腋下。我有些吃惊，不禁抱住她的肩膀。这是她头一次一个人说那么多话，也是她第一次像这样靠在我身边。

我还是以若无其事的口吻问她："你说了这些，到底是要跟我表示什么呢？"令子深深叹了一口气："人家觉得你可能会死嘛。"我不高兴地反问："我为什么会死？"令子欲言又止，保持沉默。

我心想：干吗跟我说这老太婆的故事？同时闭上了眼睛，眼前却似乎看见令子祖母天生就只有四根手指的左手在舞动，心中也不断出现那个在缅甸丛林自杀的青年贤介所留下的遗笔："我不幸福。"

我无法成眠，于是轻声要令子脱掉睡衣。我起身坐在棉被上，要裸身的令子摆出她最害羞的姿势，恣意任我摆布。我用力挤出积存在体内的精力之后，立刻离开她身体躺在棉被上，背对着她故意发出大声鼻息。

过了不久，令子又开始说话："人家有个好主意。"她脸颊靠着我的背，我装作不知道，有种宿醉的郁闷感觉涌上来，只想赶紧睡觉。

令子低声说："祖母为什么不告诉我，贤介不是战死而是自杀呢？"我也觉得奇怪，但是不想回应。反正对我而言都无所谓，不久我就睡着了。

隔天早上，我很晚才醒来，看见令子在厨房小桌子上摊开好几张纸，写写停停、左思右想。我问她干什么，她对我一笑，跟昨晚一样回答："人家有个好主意。"我洗完脸后，坐在令子对面，点燃起床烟，吸吐一口。令子在纸上写下了密密麻麻的数字，有的数字则是填在方形空格中。"你猜人家有多少存款？"令子看着纸张问我。

其实我偷偷看过她放在衣橱里的存折，但我回答不知道，要她给我倒杯冰麦茶。平常她一定立刻去倒茶，但今天她却看着纸张，指着冰箱说："在里面，自己拿杯子倒。"没办法，我只好打开冰箱。这时令子说："三百二十万哦。"她抬起脸来看着我，难掩高兴的神情微笑说："另外还有定存一百万，下个月三号到期。若不是要寄钱给爸爸，应该还能存更多。要是我和姐姐不帮忙的话，光靠妈妈的收入，家里是无法生活的。所以没办法咯。"她好像很过意不去地对我说明。

我不禁低喃说："别说得像是为我存钱一样。"令子一听就显得不太高兴："人家没有这个意思。"听我笑说是开玩笑的，她表示："我是在一年前认识你……一年之间应该存不到四百二十万。"她一双滚圆的眼睛带着笑意，提出了她想到的新生意。

令子说她是在常去的美容院里想到这门新生意的。"最近美容院过度竞争，一个区域里有五六家，甚至多达十家，因此每家店都致力于学习新技术，加强对客户的服务，其中最头痛的就是宣传的方法。我常去的这一家，每个月会制作月报之类的东西发给客户，但因为不是印行好几万份，量少成本也就提高了，加上每个月都要做，很麻烦，最近开始委托小型设计工作室处理。然而这么一来制作费用反而增加了，也是很困扰。我听美容院的老板这么说，心中便有了个念头。"

令子拿出写的东西让我看。那是一张提供服务给客人的宣传刊物。第一页上面有个方框写着店名、经营者姓名、商店住址和电话号码。旁边将该宣传刊物的名称写得很大，但目前只是暂订的名称，还未正式敲定。"第一页还会放代表每季盆花的照片。"令子边说边翻开第二页和第三页，"里面放些介绍在家里洗头的正确方式、如何保养肌肤、特殊食谱、流行的发型等小常识。第四页要放些什么，我还在想。"令子眼神发亮，拿圆珠笔尖重复描画封面的方框，还探出身子说，"这个部分才是重点所在！其他部分的内容都一样，而首页方框的店名、经营者姓名等可以随着不同店铺调整。"

我静静地听令子说话。"我去附近一家小印刷厂问过：如果一次印三万份，双色印刷，每份只要七八日元。假如一家店买两百份是四千日元，三万份就需要找一百五十家店，这样生意就做得成了。一份二十日元，每个月只要花四千日元广告费就有漂亮的宣传刊物，上面还印有自己的店名、电话号码和各种美容院需要的文章。对美容院而言真是一大福音。卖给一百五十家店就有六十万，假设印刷费是七日元，等于要二十一万日元的成本，再扣掉其他必需的支出，应该赚得到一半，有三十万吧。"

令子的说明过于简略，只听一次无法理解，我请她再说明一次。于是令子比先前更热心地重述一次。我问："方框的文字要怎么调整？三万份刊物配合各家店的订阅数量，每一百五十份就得重新制版。这么一来，一份成本就不可能只要七八日元吧？"

"不是这样。方框的部分先不印，一开始就先印好三万份，之后只要分别制作方框部分的凸版，每次只要从那三万份拿出两百份印在空白的部分就好了。"

"可以这么做吗？"

令子笑着回答："印刷厂老板说这种作业很简单。"

"虽然说每家美容院只要花一份二十日元的广告费很省事，但如果到处都看得到同样内容的宣传刊物，恐怕还是不太可行吧。客人看到只是封面印刷的店名、电话号码不一样，内容根本是现成印好的刊物，大概也不会有兴趣吧？"

"所以一个地区只跟一家美容院签约。这可是这门生意的商机所在呀。"令子回答得很有自信，还说有十八家美容院订阅了。

原来在我不知道的时候，令子已经拿着粗糙的样本与常光顾的美容院老板宣传交涉了。没想到对方很感兴趣，最后还帮忙邀约京都、神户等地的同行共襄盛举。

"可是也只有十八家呀。印了三万份却只有十八家签约，剩下的两万六千四百份要怎么办？付给印刷厂二十一万，进来的钱只有七万两千日元呀。"令子把存折还有即将到期的定存单并列在桌上。"一开始会连续亏损吧。可是如果增加到五十家，然后继续拓展到达一百五十家，不就能赚三十万吗？如果努力一点和三百家美容院签约，每个月就能进账六十万啦。这么一来，更应该到东京、名古屋等地去拓展业务，如果有一千家、一千五百家……"令子的饼越画越大。

"假设限定一个区域只能签约一家，随着数量增加、范围扩大，请问要如何去找愿意签约的店呢？"

令子回答得倒很干脆："你就负责跑外务呀。"

我张大嘴巴瞪着令子好一会儿："那么每个月宣传刊物的内容谁来做企划呢？"

"那也是你的工作。"令子看着我的脸，两手遮住嘴巴偷笑。

"总之你先帮我泡杯咖啡，烤几片面包。我还没吃早饭呢。"听我这么一说，她才站了起来。我心想：这家伙是不是精神有问题？不禁觉得不太对劲。

刚刚她提的内容未免也太离奇古怪了吧。与她认识的一年间，令子从未吐露过自己的想法和感情，我根本不知道她想些什么。我一直以为她的优点是沉默和温柔，人长得并不漂亮，头脑也不顶聪明，可是昨晚她的多话和今天早上的生意经，我只能说她变了一个人。

令子睁着一双黑色灵动的圆眼睛偷看我嚼面包。我故意冷冷地说："昨晚我不是说过要跟你分手吗？"令子的眼光停在我的胸口，手指头又搓揉起自己的耳垂，然后说："人家希望你不要提分手嘛……"话还没说完，令子流下了眼泪，"和我分手，你打算做什么呢？"

"以后的事，我还没想过。"让令子哭出来，我就很满足了，我根本没有和令子分手的打算。说来很丢脸，和令子分手的话，我就没有地方吃饭、解决温饱了。我只是想亲耳听令子说不想跟我分手，所以从昨晚到今天不停地欺负她，说我要与她分手。

"我不想再碰新的生意了。任何听起来有赚头的生意，只要我一接手就会死得很惨。过去以来都是这样，我不敢再试了。我身上就像是有死神附身一样。真要想做，你就自己做吧。"

我看着令子湿润的圆眼睛，不禁觉得自己这番话说得太任性。我什么都不做只靠她养，能够多堕落就耽于堕落到底。

中午过后，我们到附近的咖啡厅。原本垂头丧气的令子提出："我不要求你工作，只希望你能帮我。首先，跑外务就必须有像样的样品才行，而且必须先制作已经确定签约的十八家美容院的宣传刊物。可是对于第二页、第三页、第四页要如何设计，我还没有好的想法。这次请你先帮我。另外，既然是做生意，就必须有个正式的公司名称、说明书、寄发给近畿一带美容院的宣传信函。可不可以帮我一下嘛？"令子合着手掌拜托我。

我不耐烦地表示："搞这些有的没的，你不怕好不容易存的四百二十万全泡汤？"令子坚决地回答："人家相信一定会成功的。万一做不起来，就再回到超市工作好了。"

总之已经和十八家美容院签了约，这个月底必须交货。那一天已经是八月五日，令子说印刷厂要求在十号前把要用的文章、照片收集齐全，只剩下五天了。我心想：只有五天能够完成过去从未做过的宣传刊物吗？然而看见令子一副走投无路的表情，不禁心软答应："下不为例。"

四年前，我在一家中型印刷厂做过三个月，负责心斋桥筋一家日本点心老店的宣传刊物，对大致的形式还有点概念，然而当年那些东西大多不是我直接经手，而是公司的美术设计与负责文案的同事做的。

令子的神情马上又变得明朗，赶紧带我到车站前的书店选购制作刊物需要的书。在我选书的同时，她则跑到文具店购买美术纸、尺、圆规、胶水、橡皮擦等各种用具。

最后我买了《家庭实用指压秘诀》《家庭菜园》《婚丧喜庆大全》、厚厚一本的《有趣的杂学百科》，以及两本美容杂志。反正豁出去了，五天内要做出从来没做过的宣传刊物，还要让美容院老板看了喜欢，愿意长期订阅。

所以我的信只能写到这里为止。令子这几天都请假了，整天不是去美容院就是跑印刷厂。我接着就要开始制作宣传刊物。前三天我都在写信给你，只剩下两天了。毕竟令子照顾了我一年，帮她这点忙也是应该的。

桌上摆着之前买的书、可以用在封面上的风景照片、铅笔、尺和美术纸等。风景照片就是和你去新婚旅行时在田泽湖畔拍的。不知为什么，这张照片夹在我仅有的家当中。我真不知道自己究竟能帮上什么忙呀。

文字跳来跳去，变成了一封毫无脉络可循的信，好像只是记下了收到你的信之后这几天发生的事罢了。

有马靖明　草字

八月八日

致　有马靖明先生

前略

育子从信箱拿出你的来信来到厨房交给我时，扑哧一笑说："太太怎么有名字这么可爱的朋友呢?"

看了寄信人的名字，我也笑了。因为你署名"花园菖蒲"，简直像是宝冢剧团大明星的名字嘛。之前来信用的是山田花子。如果再不费心编个像样的名字，我家里是会起疑心的。

直到深夜，我先生和清高睡了，我才展读你的来信。记得我曾写过，对于你和濑尾由加子的交往始末，我有知道真相的权利，请你全部写出来。那是读了你居然大胆提到在舞鹤和濑尾由加子邂逅的那一段过往后，我在回信中的想法。我当时想，如果不能获知你浪漫爱情故事的经过，就会愤恨难消，所以才写了那封信（读那封信时，我真的气极了，甚至想把信纸撕烂）。

可是现在已经无所谓了。我反复阅读你那封提到奇妙体验的信，发现你其实已经交代了你和濑尾由加子的关系，虽然你只是简单地写下了和濑尾由加子的最后一夜。前几天我又读了一次，感觉其中暗示了你没有明说的关于濑尾由加子和你从重逢后到发生那件事之间的一切。这样对我就足够了。"你总是回到自己的家去"，濑尾由加子说的这句话将我内心深处存在的疙瘩完全融化掉了。

我对濑尾由加子产生了一种类似爱情的情愫。说是爱情，恐怕有些不适当。她虽然是抢了我丈夫的女人，但站在同是女性的立场，我开始有了一种想要安慰她的平静心情来面对她。而今对于濑尾由加子，我会因为她无法再度归来而心生怀念，但是顽固的嫉妒依然存在我心中。此外，你提到和你同居的令子所说的关于她祖母的往事，也让我感觉不像是故事，而是那么真实地撞击我的胸怀。

我对于令子祖母所说的"夺走他人或自己生命的人再也无法转世为人"感到某种恐怖的真实。为什么我觉得那故事般的往事如此真实呢？我自己也觉得奇怪得不得了。在浴缸里泡澡时，黄昏在庭院浇花时，我一直在思考为什么老祖母说的话这么贴近我的心灵？突然间，我明白了，因为我是清高这孩子的母亲呀。

尽管外形不同，但就像那位老祖母一样，清高也可以说是天生畸形。尽管是轻度的，但清高一生都将背负这样的不幸。为什么我会生下背负不幸的小孩呢？为什么老祖母的手只有四根手指头呢？为什么有人生为黑人？为什么有人生来是日本人？为什么蛇没有手足？为什么乌鸦是黑的、天鹅是白的？为什么有些人生来是美人，有些人生来长得丑？身为清高的母亲，我真的很想知道为什么这世界确实存在着不合理、不公平与差别待遇呢？但是不论我怎么思考，还是没有答案。虽然没有答案，但是读了你的信，我陷入了沉思：那位老祖母说的话并非可以一笑置之的故事，也许是真实的……

你提到濑尾由加子时曾经用了"业"这个字眼，还写了总觉得凝视着死去的你的另一个自己，不知要带着你人生中恶与善的结晶去向何处……

我实在看不懂你的意思，于是试着在心中重新整理一遍。因此，我也必须提到过去从未提过的我和胜沼壮一郎的夫妻关系。

胜沼不喝酒，对高尔夫、网球等运动不感兴趣，也不懂赌博、围棋等乐趣，更别说莫扎特的音乐，对他而言就像是噪声，激不起任何感动。我想，只有历史学的艰深文献才能让他动心吧。胜沼在婚后第三年，即清高出生一年后，由大学讲师升等为副教授。

之前偶尔也有大学生来家里玩，他成为副教授后，来的人数剧增。有男有女，几乎都是他指导的学生。其中有位身材高瘦、给人冰冷感觉却很美丽的女大学生，总是爱摆架子，爱炫耀自己的美貌，我对她不怎么有好感。

有一天跟平常一样，几个大学生吵吵闹闹地来家里玩。因为彼此很熟了，他们自动地从冰箱拿出啤酒、乳酪等食物围在胜沼旁边说笑。到了傍晚，学生对站在门口送行的我们夫妇道谢，那个女大学生看着胜沼微微一笑。她是趁我不注意，用眼神说话的。我也偷偷看着胜沼的反应，不禁吓了一跳，他也用眼神向女大学生表达了些什么。

我立刻明白两个人之间是什么关系。我的预感还是很准的。之后过了两三个月的某天，冈部秘书到和歌山钓鱼，带回来两尾很大的鲷鱼（冈部秘书爱钓鱼，你应该也很清楚）。我们自己留了一尾，另一尾打算送给已是姻亲的"莫扎特"老板。我拿塑胶袋包好鱼准备出门。

平常我习惯穿过住宅区，在第二个十字路口向右转来到小河边。那天看见一条吐着舌头的大野狗站在路上，我心生胆怯，决定绕路走那条很少走的阴暗路，竟然目击胜沼和那名女大学生站在一户人家的大门阴影处拥抱。我惊慌地又折回来，心惊肉跳地走过野狗身边，到了"莫扎特"送上鲷鱼后便回家了。

那一天胜沼很晚回家。虽然就在家附近，但我猜他们拥抱之后可能又往网球场那头的海边走去，或是去了车站后面的宾馆吧？

但我一点也不觉得悲哀，心情也没有动摇。胜沼一副没发生什么事的样子回家后，我也表现得若无其事。

其实我心中觉得整件事都十分愚蠢，他们的行径多么污秽。在认定胜沼和女大学生的关系是那么低俗肮脏的同时，我也醒悟过来，原来对胜沼而言我其实不是那么重要的存在。

我并非爱他才和他结婚的，婚后几年来对他也不抱任何爱意。我告诉自己：算了吧，反正我还有清高，我还有这个生下来就背负不幸的心肝宝贝呀。光是这点我就觉得自己能够活下去。

　　之后经过约七年，胜沼还是继续跟那个已从大学毕业的女生在一起。我心知肚明，却从来没有开口点破，只是偶尔丈夫和那个狐狸精在阴暗路上相拥的画面会突然闪过脑海——他们并非以人的形象，而是像污秽的布娃娃一样在我心中消失。

　　有时胜沼在卧房里向我求欢，我会说清高好像说了什么我得去看看，或是说最近清高身体不舒服，我照顾得很累了。总之我会编许多借口，就是不跟丈夫燕好。关于这件事情，我其实不想让你知道太多。外人如果知道了，肯定很惊讶吧。自从那一天发现胜沼和女大学生拥抱以来，我们之间不再有夫妻关系。七年来，一次也没有。

　　后来胜沼发觉我已知道，只是没戳破他的谎言，我也知道他发现了，但我们之间还是表现得若无其事，共同生活。

　　"业"这个东西，我好像有些明白了。我并非把它只当作简单的文字来看，而是觉得那是一种严格的法则。不管我和谁结婚，我的业就是会有其他女人抢了丈夫。我不得不认为，就算跟胜沼离婚，和别人结婚也会发生同样的事。你用了"业"一字，说你和纠缠你生命本身的恶与善的结晶似乎有某种关联。读到那段文字时，我心想：我失去了你，现在胜沼又变心找其他女人，这些或许就是我的"业"吧。

或许这是我的自以为是。在我随意评论"业"之前，我恐怕应该先评量一下自己作为女人的成绩。身为女人、妻子，我一定是有什么不足的地方吧？不够性感，还是不够真诚呢？你知道吗？请对我直说，不必客气。

父亲好像回来了，这一次在东京住了很久。他应该累了吧。

父亲早在几年前也发觉胜沼有女人的事，不是我跟他说的。父亲很会看人，我下次再写信告诉你。

对了，我差点忘记，你喝醉时对令子口吐的恶言真是令人怀念。谈恋爱的时候，我们常常为了小事吵架，你每次都对我说"我讨厌你"，可是我很自恋，总是认为"哼，其实是爱我爱得不得了"，反而故意摆出跟你怄气的态度。原来令子也是会让你说出"我讨厌你"这句话的人呀。

胜沼亚纪　谨上

八月十八日

致　胜沼亚纪女士

前略

首先，先回答你的疑问。我所知道的你，是一位很有魅力的女性。不论是谈恋爱的时候，还是结为夫妇以后，你的魅力未曾稍减。在床上你固然不会有娼妇般的举止，但十分可爱，偶尔也会努力表现得大胆，忍着羞耻配合我的无理要求。所以你是能完全取悦我的女性，如果更加性感的话，身为丈夫的我恐怕就要担心了。

另外你也是很真诚的人。如今回想起来，这些都不是客套，而是我的真心话。虽然你也有大小姐骄蛮任性的一面，时而让我很想教训你一下，但只要轻言细语抚摸你的头，自然就让我收服了。你的任性其实也是你的魅力之一。

这些都是我所知道的你，至于你现在的丈夫怎么想，不关我的事。男人出轨根本是没药医的本能，男性天生就是如此。或许女性会愤慨抗议"这算什么说法"，可是事实就是如此，没办法就是没办法。尽管有漂亮的爱妻，男人只要一有机会或是水到渠成，就会跟其他女人睡觉，然而此举却不影响他对妻子的爱情。

不对，我也不能如此断言。我要修正刚刚那句话。也有男人耽于外遇而放弃了家庭，不过很多男人的外遇属于我前面说的那种程度。再继续写下去，听起来就像为自己辩护一样，我还是就此打住吧。

由于我太久没这么认真工作，着实累坏了，但感觉还算不错。

那两天我几乎熬夜编辑宣传刊物。不熬夜根本赶不出来。宣传刊物决定命名为"Beauty Club"。与其说是决定，其实我连沉淀思考的时间都没有。你一定觉得这是个没新意的名字吧。但实在想不出其他更好的，若不先定下名称，后续工作就会延宕。

第二页的部分，我根据令子做的样本安排正确洗头方式的专题。第三页则是从《家庭实用指压秘诀》一书中挑选了几种指压方法，改写后放上去。若是直接引用转载，就等于盗用他人的文章。

第四页就很伤脑筋了，完全想不出要放什么，干脆将《有趣的杂学百科》中的世界奇闻怪谈随便编了几则，又从新买来的谜语、拼图挑出几则充数。完稿之后，我还得到印刷厂交代细节，商量如何排版。

令子不知从哪里借来一辆小汽车。我虽然有驾照，但已经五年没开过车了。令子拿出大阪地图和先请印刷厂老板印出来的五六份刊物样本，下令："出发。这一次只印两万份，是勉强向印刷厂老板拜托来的，所以一份的成本要十日元。十八家美容院给的订金根本就当作是丢进了水里，所以在月底的出货日之前必须多找几家店跟我们签约才行。"

那一天我们以生野区为中心环绕，一看见美容院，令子就要我停车，自己走进去。缠了一小时之久，我心想应该成功了，令子却边走出来边说"不行呀"。下一家美容院则是不到两分钟就被赶了出来。就这样跑了五家美容院，没有一家肯签约。

天气十分炎热，借来的破车冷气几乎没什么用，我一身汗靠在热气滚滚的驾驶座上说："饶了我吧。"

"人家今天至少要签到一个合同才肯回去！"令子说话的态度坚决。

在餐厅用完午餐，令子又将车钥匙塞到我手中，站起来说："出发！"我抗议说："再让我休息一下嘛。刚吃过饭就开车，对胃不好呀。"

"好吧，让你喝杯冰咖啡。"令子走到餐厅隔壁的咖啡厅坐下，咖啡还没送上来之前便催着我要赶紧喝完。我故意放慢速度喝咖啡，令子又睁着一对滚圆的眼睛看着我的胸口，语气哀怨地低喃："你就是这么坏心，人家这么努力打拼，你一点都不帮人家想。"

"什么叫不帮你想？我一连熬夜两天编辑刊物，还亲自出面跟印刷厂的老板说明版面。还有今天，帮你开着这辆不知从哪里借来、只冒烟没办法加快速度的老爷车，跑在蒸笼般热的大街上。让你随意使唤的人是我呀，我可是忍着一句怨言都不敢发。"

听我这么一反击，令子哀伤的神情有了变化，黑色的大眼珠动了一下，皱起圆滚滚的鼻头笑了（就是因为她的肉鼻子让她离美女的称号还差得远，但也是这样才显得天真可爱）。

"有什么好笑吗？"

"就是为了今天，我才养你一年。"她两手遮住嘴巴，更加笑个不停。

一开始我有些生气，渐渐地自己也觉得好笑起来，心想我被耍了。于是我问："真的是为了这样，从一年前开始跟我同居的吗？"

令子停住笑："当然是开玩笑嘛。人家只是在想自己的钱该做什么生意才好，想着想着就过了好几年，到了二十七岁也没结婚。和你一起生活后，每天看着你无所事事，我心想这下真的该做些什么才行了。有没有什么生意用四百二十万去做就能让我们过活呢？有没有什么生意能让你兴致盎然地投入呢？"令子以她一贯的温柔语气说到这里，不知道为什么有点犹豫地停了下来。不久她又开口问道："你脖子和胸口的伤痕是怎么来的？"

我默不作声。她看着始终沉默的我说："我就知道你是不会告诉人家的。"然后起身付钱，站在门口等我。

我们坐上车来到拥挤的国道时，我发现那里离以前住的地方很近。住在生野区的伯伯收养我以后，让我读完了初中、高中，甚至大学。

可是伯伯在三年前过世了，现在年迈的伯母和比我大三岁、在银行上班的亲生儿子、媳妇及三个孙子过着安详的生活。对于我和你的离婚，最伤心的人就是伯母。我虽然不是她亲生的，但她待我跟她亲生儿子没什么两样。想到她就在这附近，内心涌起莫名的温暖。

我接连在几家公司工作不顺利，后来又接连投资几项生意失败，伯母背地里借给我六十万周转。这笔钱欠了两年，我不仅没露面，连电话也没打过。对伯母而言，那六十万是她的养老金，而我拿了六十万就音讯杳然。

我告诉令子以前我就住在这附近，这是我第一次对令子提起自己的过去。说着说着突然想起高中同班女同学继承家业开美容院的事。如果我去拜托她，她应该会订阅刊物吧。可是只要我一出面，这件事说不定会传到伯母耳里。那家美容院离伯母家走路约十分钟，都在同一个区域。

话又说回来，只要跟一家签约，就能从坚持不回去的令子手中解放，同时我多少也有想让汗水淋漓、到处去向美容院低头拜托的令子高兴的念头。

我经过自己毕业的高中母校前面，在商店街前停车，从令子手上取过装有样本刊物、订阅单、急就章做出来的简介等资料的纸袋。"这附近有我以前同学开的美容院，不知道人家订不订，我去试试看。"

一个大男人实在不好意思进入美容院。我从窗外窥伺，变得大妈模样的同学就站在店门口附近忙碌地指示员工做事。我在那家大型美容院前走过来走过去，犹豫着该不该进去，最后还是鼓不起勇气，准备转身回到车上。

"有马！"突然间有人叫我。我回过头一看，美容院老板娘从玻璃门探出身子看着我。"果然是有马，我看你在店门口走来走去，有什么事吗？"我说："是想来拜托一些事，但是美容院我又不方便进去。"我和对方上次见面，还是在与你结婚那年的年底、我去参加同学会那天。对方一看见我的脸就怀念地表示："我一眼就认出你来了。进来坐坐，有什么事要拜托我呢？"

我走进店里，坐在客用沙发椅上，拿出样本刊物和简介。我骗对方说从三年前便开始从事这项业务，怕说是最近才起头，对方会担心商品的品质。

她花了很长的时间仔细翻阅，问道："真的能遵守一个地区只签约一家的规定吗？"我摊开地图向她说明："贵店的范围大概是这里到那里，只要你们签约了，我们就不会跟这范围内别的美容院签约。"

"一份二十日元呀……"她自言自语地思索。我赶紧指着门口的费用表说："技术和对顾客的服务，每家美容院都很努力改进。如果自己的店里加上一份这样的宣传刊物送给客户，客人肯定能明确感受到这家店的服务比其他店更加努力。对于付五千日元、六千日元做头发的客户，只是回馈二十日元就有这种效果，算是很便宜的不是吗？封面的方框里还会印刷贵店的名字、经营者的大名，客人不会觉得收到的是一份现有的刊物，反而会认真阅读。所以我们公司才严格规定一个区域只跟一家美容院签约。关西地区已经有一百二十家店连续跟我们订阅两年了。"我天花乱坠地夸大其词。

"每个月用什么方式将宣传刊物送到我们店来呢？"一想到邮寄的话，除了四千日元还需要邮资吧，我竟不知道该如何回答。假如邮资包含在里面，赚头就会减少；邮资让对方负担的话，收费增加可能就不想订阅了。关于这一点，令子并没有跟我说清楚。

一时之间，我只好说："每个月底我会开车送来，我们的规定是一手交商品，一手收订阅费用。"

"这样的话，那我就签约吧。"她很快便在订阅单上填上住址、电话号码并且签名盖章。"我们店两百份根本不够，需要六百份。但是刚开始先试试看，就先签约四百份好了。"我马上说："如果觉得没有效果，随时可以停掉，这是店家的自由。但如果长期订阅，最后会变成该店的招牌服务，所以目前至少有一百二十家店已经订阅了两年。"我半吹嘘地说明。

谈完公事后，员工送上来冰凉的果汁，我们怀念地聊起 A 班的谁谁目前在哪个警察局当刑警，B 班的谁谁已经结婚生小孩了，隔年却因为乳癌去世……对方不断聊着，不肯让我离去。我很想早点回去通知令子，一颗心哪肯留在这里，可是对方一口气订了四百份，如果受到好评还会追加到六百份，我总不能拍拍屁股说声再见就走人，结果听她说了将近一个钟头的话。

我穿过商店街回到车上，令子一脸担心地等着我回来。我沉默地将订阅单拿到她眼前。

"四百份？"她低喃了一下，把订阅单紧紧抱在怀里。"这下你可以饶了我吧。"我把老爷车再度开上国道。

令子眼神明亮地不停问我是怎么说服客户的，我将自己说的、同学说的，一五一十告诉了她。"你果然厉害，人家毕竟是个女人，脑筋转不过来。"看见令子这么感动，我赶紧叮咛："仅此一次，下不为例。我是因为想早点回去休息才亲自去签约，以后可没我的事了。"

"可是月底你会帮我送货吧？"她的口气说得想当然，看来她想用开车送货的方式将刊物送到各个美容院。"我去邮局问过了，两百份宣传刊物要邮资三百日元。我没跟之前订阅的美容院提过要加收三百日元邮资。三百日元虽然不多，可是对付钱的人来说就是不一样，所以开车送倒也不错。虽然油钱也是笔花费，但是能给客户好印象。你的头脑果然比较好。"我完全落入令子的掌控之中。

从那一天起我就开车载着令子到处拓展业务。两万份宣传刊物印出来了，接着是下一步，也就是在封面方框空白处印上各家美容院的店名与电话号码。印刷的前一天，令子又取得七家美容院的合同，数量增加到了二十六家。虽然收支仍是赤字，令子还是欣喜无比。虽然只有二十六家，范围却分散在京都到神户之间，送货到晚上八点才结束。

令子在住家附近的餐厅点了啤酒和牛排给我吃。果真是她在养我，一如犒赏小孩子吃糖果一样。令子很兴奋，我却筋疲力尽地回到住处。

之后三天我什么都不做地窝在房间里，第四天晚上和令子一起去澡堂。我们住的公寓很旧，房间里面没有浴室。

从澡堂出来，我们在咖啡厅喝了冰凉饮料才回家。公寓前停了一辆白色自用车，驾驶座上的年轻男人始终盯着我看。一和我四目相对，对方便赶紧若无其事地移开视线。他回避视线的方法和长相让我感觉不太对劲。我故意装作不知道，打开公寓大门，走上楼梯，一种不好的预感袭上心头。另外一个男人站在我们房间门口，身上穿着红色圆点外套，看起来不像生活在正常世界的人。

一瞬间我想起来了。之前的事业失败、终于搞到破产时，我尽可能善后，免得日后发生纠纷。我尽管尽了全力，却还是有一张空头支票不知流向何处。那是一张票面金额九十八万六千日元的三个月期票。我试图回收但始终找不到。一看见站在门口的男人，我就知道是那张票子的事。

男人问我："是有马先生吗？"我答道："是的。"男人用他独特的职业说话方式问道："咱们有话谈，可以借一步里面说话吗?"我拒绝说:"这里不是我住的地方,是这个女人的房子。要说话我们去别的地方。"男人语气平静地表示:"要在外面说话也可以,如果你不怕吵到附近邻居的话。"他直接以鞋子踢门并骂道,"天气这么热,我可是在这里等了两个钟头,而且我还不敢大声说话。"

我要令子一个人到外面走走,一小时后再回来。男人却瞪着我的脸,语气强硬地说:"大嫂也一起留下来。"对于讨债人的手法,我再清楚不过,便让男人进屋里。

男人脱掉外套,坐在榻榻米上盘起腿,从黑色西装口袋掏出一张纸放在我面前。就是盖了我的印鉴的九十八万六千日元的空头支票。

"我先声明,这一位不是我老婆,我们之间没有任何关系。"对方脱下黑色西装外套说道:"是吗?你们不是住在一起吗?"男人的西装外套里面是紫色透明、看见得肌肤的短袖薄衬衫,前面的扣子开到胸口以下,故意露出汗水淋漓的胸毛和背后的刺青。我心想,对方不是什么狠角色,不过是个小喽啰。但是看时间和场合,小喽啰有时也是很可怕的。

令子一看见男人的刺青,脸色便吓得发青。"还记得这张票子吧?我们也是做生意到处收账,结果客户硬是给了这张票子。照理说该请对方给钱才是,偏偏那男人死了,剩下都是不值钱的东西。所以只好找上面盖章的有马先生要钱啦。我可是花了半年寻找你的下落。"听起来就像讨债人的说辞，我没有必要跟这家伙讲道理，于是只回了一句："我没有钱。"

"没钱……你以为一句话就想吃遍天下呀！"

"没钱就是没钱呀。"

"要命还是要钱，你最好想清楚点。光你一条命是不够赔的。"男人坐着不动，目光看向坐在我身边的令子。令子吓得直发抖。

"那你去告我。"

"让你去坐牢，我一毛钱也拿不到。你应该也知道我是干什么的吧？那些要我告他们、找警察抓他们的家伙，已经有五六个人沉尸在淀川底下了。"

看见令子抖个不停，我只好说："那没办法，你干脆拿我的命去抵吧。"反正我已经一无所有，早已看破人生，死了也不足惜。男人一听，脸上失去了血色。令子却站了起来，从衣橱里面拿出装有上个月满期、领回少许利息的一百万定存的现金袋，放在男人面前。我在男人还没拿起纸袋前，赶紧将纸袋丢回令子的膝盖说："这是你的钱，你没有必要这么做。"

"算了，今天你们还有时间考虑。谁还都一样，钱就是钱。我还会再来，明天再来问你们要钱还是要命！"男人站起来，丢下一句话便离开了。

我对令子说："你不必担心。我明天就离开这里，再也不回来了。我不能让他们跟不是我老婆的女人拿钱，就算是几块钱也不行。如果明天他们又来跟你啰唆，你就去报警。他们这种人最怕的就是对方看破一切和惹上警察。你别看他们嘴上那么说，其实不太使用暴力的，只是逼得人精神崩溃。有时会在半夜四点上门，有时一整个月每天都来，然后突然又不来，等人松懈了，又接二连三上门，这就是他们的伎俩。我离开之后，他们可能还会烦你，但不会对你下手。"

虽然这么安慰令子，我还是有些不安。对方是小喽啰才令人不安。我担心对方一旦知道令子手上有钱，就算是我不见了，他们还是会威胁令子。我已经不想再东躲西藏，决定还是得自己出面去找他们。令子省吃俭用，想要的东西都舍不得买，十年来站在超市收银台前辛苦攒来的宝贵储蓄怎么能浪费在我这种人身上？

也是时候到了，是我的穷途末日。不管是你还是由加子、令子，跟我有关系的女人总是倒霉。我有种万念俱灰的感觉。我还记得决定和你离婚时，我的心情是海阔天空般轻松，但现在不一样，我感觉心中是一大片空白。

"人家愿意付钱。一百万，没什么大不了的。"令子哭着这么说。我拜托她："你不要多事，已经无所谓了。我就是运气不好，和我这种男人在一起只会拖累你。"说完我铺好棉被、关上房间的灯，便躺下来睡了。这时我才发觉，刚刚对那个讨债人说的话或许是真心的。我想起自己说"你干脆拿我的命去抵吧"时，内心其实很紧张，却又十分空虚。死了也好，我闭上眼睛再一次在心中低喃。

那一晚我梦见了你，很短的一个梦，却留在心中不曾散去。你穿越独钻沼泽的丛林往山路走去，不管我在后面怎么追赶就是赶不上你。你笑着挥手说：赶快跟上来呀！我手上牵着一个外貌跟你很像的小女孩，大约才四五岁。几乎只是一瞬间，那个梦非常简短。

第二天早上，我十点钟左右收好自己的东西放进旅行包，离开了公寓。令子没阻止我，只是坐在厨房的餐桌前背对着我。我出门的时候，她也没回头看一眼。

离开令子后，我也不知道该往哪里去。总不能去生野区伯母家里吧。毕竟我向她借的六十万还没还，哪敢厚颜无耻出现在她面前。我想起高中时的朋友大熊，他没结婚，一直留在京都的大学医学院里研究癌症。以前我和女人分手后曾经住在他那里两周，为了躲避讨债人的纠缠，也曾经躲在他的公寓里。

我利用公共电话打到大学找大熊。我拜托他说又要麻烦他一阵子了，大熊回答："怎么，又被女人赶出来了吗？"他要我六点钟在京都国立美术馆前等着，说完便挂上电话。见面的时候他总是带着我一间接着一间去酒馆，不让我回家，在电话中却像变个人似的很快结束话题。

我决定先到梅田看看，途中经过一个平交道，正好放下栅栏。我站在栅栏前面，整个人曝晒在炎热的阳光底下。看见逐渐靠近的电车驶来，我心想：电车来了，开过来了，马上就要以极快的速度通过我的面前。我不知道自己为什么这么想，就在这么想的同时，心脏强力地快速跳动，感觉体内的血液"唰"地一声向下直冲脚底。

电车非常靠近我了，我咬着牙齿、紧紧闭上眼睛。电车通过后，栅栏升了上去，汽车和人群开始移动，我这才发现自己出于下意识地紧紧抓着旁边的自行车置物篮。在逐渐靠近的电车驶入我视线的那一瞬间起、车身整个通过之前，我感觉身体里面好像有什么东西互相纠缠争斗一般。

我拦下一辆出租车，说要去梅田。车里的冷气强到令人发冷，我却全身直冒汗。自从发生那件事之后，十年以来不管再怎么失意、遇上什么挫折，我从来没有寻死的念头。可是那个讨债的小流氓出现了，拿出我开的空头支票，说些不怎么吓人的威胁，我看见令子颤抖不止。不是失意或挫折，却让我有种陷入更深更暗的洞穴中的感觉。

我心想：我已经无所谓了，就算死了也不足惜。我活着还有什么意义呢？值得浪费一大笔让令子难过的钱，好让我的人生重新来过吗？

我在梅田改搭阪急电车，在河原町下车后，走进人群。我看见了由加子以前工作的百货公司，我走进电影院。那是一部裸身美女和身经百战也不会死的间谍时而缠绵在一起、时而遭敌人追杀的热闹的外国电影。

走出电影院已经是四点过后，距离和大熊约好的时间还有两个钟头。从这里走到那里有一段距离，我想不出打发时间的方法，决定慢慢散步前往国立美术馆。带着红色光辉的太阳光还有点热，路上我走进一家咖啡厅。

闭上眼睛想靠在椅背休息一下，没想到竟睡着了。猛然睁开眼睛一看时间，居然睡了将近两小时，赶紧离开咖啡厅快速前往美术馆。大熊已经站在美术馆前铺着碎石子的大门口，他抱怨说："我五点半就来了，你让我等了一个钟头。"我们就近光顾大熊偶尔去的小吃店。

大熊说："今天领薪水，我请客。反正你大概也没有钱吧。"我们点了大杯生啤酒和几种鱼类料理。我穿着马球衫和西装外套出门，在出租车中脱下外套，便一直拿在手上。小吃店的老板娘说要帮我挂在衣架上，我将上衣交给她，看见内袋露出信封一角。我纳闷地看了看，信封里装有十张万元大钞，是令子偷偷放进去的。

我将装着钱的信封塞进裤子口袋，扣上扣子免得遗失。一喝起酒来，大熊就像往常一样说个不停。说什么哪个相扑选手下次大赛肯定会成为大关啦、哪个高中的捕手明年将进入某个球队，据说签约金一亿日元等八卦消息，或是指头蘸着啤酒在柜台上写些我看不懂的公式、化学符号，聊起他的专业。

"癌症呀……其实就是自己。我认为癌症不是外在的侵入，而是从自己肉体衍生出来的东西。虽然是异物，却不是来自他处，而是我们自己本来就有的东西变成了一种放出毒素的细胞，继续繁殖。"大熊相当醉了，"要杀死癌细胞，最快的方法就是杀死自己。"他摸着自己的胡茬儿，站起来，对老板娘喊说要买单。

接下来我们又去了三间酒馆，进入第三家店时，大熊的脚步蹒跚，几乎没办法好好走路。我却毫无一点醉意。看了一下手表，时间是九点，该回去了。那个背后都是刺青的讨债男子或许已经去了令子的住处。想到他可能已经进入屋里，正在威胁令子，我就坐立难安。

几度犹豫之后，我走到酒吧柜台后面的公用电话机前，拨打令子房间的电话号码。之前她的房间没有电话，必须打给管理员叫她出来接。开始做生意后，令子觉得必须有电话才行，就在一周前向电信局申请了电话装在房间里。

话筒里传来令子的声音，她一知道是我，在我还没开口之前就说："你回来吧。那个男人八点左右来过了，我付了九十八万六千日元，拿回你开的那张票子。一切都结束了，你快回来吧。"说到最后声泪俱下。一听我说人在京都，这下子她真的哭叫起来："你不回来，我生意怎么做！下一期宣传刊物得开始编了，外务也要跑。要是没有你，一开始我也不会做这门生意。都是为了你，人家才花脑筋想到这个。只是一百万，这笔生意马上就能赚回来。如果你一定要提出分手，那就做完九十八万六千日元的工作再说。不然你就是强盗土匪！"

"谢谢，等我信封里的十万日元用光了，或许就会回去。"

"那就好好用吧，最好今晚用完就回来。"说完后电话那头一片沉默，她屏着气正在等我的回音，我有这种感觉。
"明天中午之后就回去。"

我挂上电话，突然间怀疑会不会是令子跟那个讨债的男人串通好。为了留住我，令子很有可能耍这个计策，但最后我也懒得怀疑了。大熊醉趴在桌子上一个人念念有词。我拍拍大熊的背大声说："我要回去了。"

"要回去就回去，我管你回哪里去！"大熊口齿不清地不知对着谁怒吼。

我走出酒吧扬招了一辆出租车，说要去岚山的"清乃家"旅馆。

想到明天起又要被令子那女人使唤，我就觉得奇怪。直到如今我仍然不是真心想做令子想到的生意，只是她帮我从讨债男人手上取回空头支票，我的确应该帮她做完九十八万六千日元的工作。但是话又说回来，令子还真是个厉害的女人。"我就是为了今天才养了你一年。"我想起令子说这话时的笑容。她之后说是开玩笑的，但我总觉得不是开玩笑，根本就是她的真心话。我突然觉得好笑起来。

司机问说："有什么好事吗？"

"我被女人骗了，而且骗得很惨。"

"女人是妖怪呀。"出租车司机从后视镜里看着我笑。

到达岚山"清乃家"。"我想住二楼的桔梗房，现在空着吗？以前住过很喜欢，想再住那个房间。"

貌似领班的男人一脸困惑地问："客人是一位吗？"因

为那是个供男女客合宿的房间。

"之前我和女朋友一起住过，今天只有一个人。我愿意付两人的费用。"老板一听，马上出来，看着我的脸说"欢迎光临，请进"，立刻命令领班带我去桔梗房。

我还记得老板，但他好像忘记我了。一进入房间我就吓了一跳，跟十年前完全一样。就连装饰在壁龛的山水画轴、放在画前的青瓷香炉、纸门图案，都是十年前的样子，没有更换。

女服务生端茶进来时，我更是大吃一惊，十年前也是这个名叫绢子的女服务生送茶水来这个房间。当年她看起来刚年过四十，经过十年却一点也不显老，让我觉得有些可怕。

我尽可能不让对方看见我的脸，因为十年前我每次住进这房间，都会多给绢子小费，我想对方应该记得我。"要用餐吗？"对方问。"不用了，只要拿啤酒来就好。"

"冰箱里有啤酒，随便客人取用，只要退房的时候一起结账就行了。"这一点倒是跟十年前不一样。我和由加子使用这房间时，房间里还没有冰箱。我拿出两张千元钞票塞给女服务生说："明天早上八点钟帮我送早餐过来。"女服务生沉默地点点头，便离开了。

我走进房门旁的浴室，打开热水，换上浴衣，等待浴缸的热水放满。面对庭院的窗户开着，凉风伴随树叶婆娑的摩擦声吹进房间里。我听见热水流进浴缸的声音，回想起自己十年前也是站在这窗户边看着庭院，听热水流进浴缸的声音，等待由加子到来。由加子有时候失魂落魄，有时候眼神发亮，有时候双手按着兴奋涨红的脸颊，悄悄地拉开纸门进来。

有时候由加子喝得烂醉，也有身上不带一丝酒气的日子。我想着由加子的身影，果真有种她即将到来的幻觉。我想起令子祖母说的"或许真的能在今生重逢"，觉得颇有真实感。

可是如果真的相信令子祖母的说法，那由加子就不可能再投胎转世为人了。然而我依然感觉到由加子走进房间里来。

热水放满后，我开始洗澡。"不好意思，打扰了。"是绢子的声音。过了一会儿，她又说了声"我放好蚊香了"便离去。我很仔细地洗了头发、身体。一根一根脚趾都用香皂洗过，用了很长的时间洗遍全身。出浴缸后，我边擦干，边看着镜中自己的上半身。脖子和胸口的伤痕看起来只像浮肿的搔痕，必须靠近镜子观察才能发现许多针缝过的痕迹。

我回忆起被由加子刺伤、根本不知发生什么状况地站在被窝上时的情景，能感觉许多血从脖子和胸口向下流。穿上浴衣，再次坐在面对庭院的沙发上，我打开啤酒瓶为自己倒酒。应该是绢子帮我铺好了棉被，一人份的松软垫被和夏天用的薄被置放在房间正中央，蚊香的白烟袅袅浮动在被窝上方。

我边抽烟，边抚摸自己脖子的伤痕。十年前的晚上，在"清乃家"的一个房间里开始了什么事。我逐渐明白了那是什么，不是我和你的分手，也不是我人生开始走下坡，而是有更大的什么事情开始了。濒死的我当时看见的是什么东西？我在给你的信中说那是我的生命本身。可是生命的本身又是什么东西呢？在濒死的我的内心，为什么过去我所经历的情景像影片一样生动地播放出来了呢？为什么会产生这种现象呢？

我竖起耳朵倾听，和十年前一样，我在这个房间竖起耳朵等待由加子从走廊那头过来的跫音。就这样，我迎着凉风，边抽烟边喝酒，过去了好几个钟头。看了一下手表，时间过了三点。我关掉房间的灯，但是因为太暗，我又打开壁龛的小日光灯。呼叫前台的绿色电话机就摆在壁龛角落。因为由加子倒在上面死去，我才能保住了一条命。

濒死的由加子又看见了过去什么样的影像呢？她又变成了怎样的生命来注视死去的自己呢？我不认为那个奇异的经验只是偶发在我身上的现象而已，我觉得由加子肯定也有同样的经历。我认为每一个人迎接死亡的时候，都会看见自己的行为，每个人都会承续生前的苦恼与安稳，变成永不消失的生命，融入宇宙无边无际的空间里，那应该是一个没有开始也没有结束的时空吧。

我看着亮着苍白灯光的壁龛，脑海中浮现由加子穿着浴衣、趴着死去的样子，沉浸在想象与现实难以分清的思维中。没有人能确定那就是想象，也没有人能让我们看清那就是现实，但是我们只要一死就能分辨。人生肯定隐藏了许多死后才能理解的事实呀。

整个晚上我都没有合眼，直到黎明。大约六点左右，蝉声开始唧鸣，夏日的阳光穿透树叶，呈现出一种微妙的浓淡差异的绿色。

八点钟时，绢子送来早餐，看见榻榻米上的被子，不禁纳闷询问："客人昨晚没休息吗？"我回答："因为吹着凉风太舒服，不知不觉坐在沙发上睡着了。"

绢子把被子收进橱子里，将早餐布置在茶几上。我洗完脸坐在桌前，绢子才为我盛饭。沉默了一阵子后，她说："每年到了那一天，我都会在壁龛里插些花。"

我心想：原来她还是记得的。"绢子完全没变老呀。"听我这么一说，她也笑着回答："有马先生也没变。"

"不，我变了。"

她没有回应我的话，却说："昨晚送茶进来，我立刻就认出是有马先生。长年从事这个工作，多少懂得判断客人是什么样的人。尤其是男女客人一起住宿的时候，尽管再怎么装出夫妇的模样也骗不了我们的眼睛。两个人的关系一眼就看得出来，而且几乎是八九不离十。

"那年在这个房间过世的客人是从事服务业的，而且是高级俱乐部的小姐。男性给人感觉是大公司的职员，还是十分能干的人才，而且男性并非单身，看得出是有家室的人。"

绢子坐在吃早餐的我的斜对面，随时帮我倒茶添饭，嘴里悠悠地诉说着往事。

"那一天我休假，隔天中午上班才听说您和那位小姐的事。警方进进出出好几次，老板则是对店里出了不吉利的事十分不快，说会影响客人上门。我听了这消息，与其说是震惊，应该说是难过。那位小姐像是盛开的花朵般，长得十分漂亮。

"我是几个月后才听别人说起您活下来了。我不知道为什么忘不了两位，虽然两位只是这间旅馆的过客，特别是那位过世的小姐。她的美貌连身为女人的我都看呆了。所以每年到了那一天，我会自己买花，背着老板在壁龛里供花。做这行总是会遇见形形色色的客人呀……"

用完早餐后，我请她帮我叫出租车。本来说好要付双人住宿费，但是收据上面只有一个人的费用。我搭出租车到阪急电车的桂车站，转车前往梅田，直接回到令子住的公寓去。

从明天起又要编辑下一期宣传刊物了。编完之后还得开车载令子拓展业务。对了，令子辞去做了十年的超市工作。看起来还是一副很顺从我的样子，实际上却经常在后面赶我，指使我做许多事。

不过这些都是闲聊，其实有件事我一定要告诉你，我尽可能说得简短些。你曾经说过"父亲很会看人"，实际上星岛照孝先生看人的眼光真的十分厉害，我有很深的感触。他白手起家创立了星岛建设，工作起来跟魔鬼一样，即便在家里也给人难以亲近的威严感和莫名的冰冷态度，在公司里更是所有员工畏惧的总经理。可是我对星岛照孝先生却有一个难忘的记忆。

有一天我被叫到总经理室，忐忑不安地敲门进去，心想又要因为什么事挨骂了。结果他没坐在自己的位置上，而是坐在长沙发上，一脸认真地折纸飞机，在房里丢着玩。一看见我，他将纸飞机朝我的方向射了过来，招手要我到他身边，小声说："有件事跟你商量，你不可以跟别人说。也不准跟亚纪透露。"我心想，什么事这么神秘呢？"我有个喜欢的女人。我们之间快要搭上了，就是这个状态。"他眼神缥缈地喃喃说道。

我吃惊地询问是什么样的女人，他说出了公司经常光顾、位于南区的高级餐厅名称。"是艺伎吗？还是餐厅的老板娘？"我探身询问。他瞪着我说："都不是。餐厅的老板娘都已经七十一岁了，你是白痴呀。"他告诉我一个名字。

原来是餐厅老板娘的小女儿，两年前丈夫过世之后便回到娘家帮忙，常常代替老板娘来招待客人。我见过几次面，印象中是个三十二三岁、适合和服打扮的女人，鼻梁修长高挺，脸颊丰满，眼睛细长，很有气质。

"快搭上了，表示你们还没有咯？"

你父亲一副可怕的神情回答："那只是时间早晚的问题。"然后又表情哀伤地表示，"我六十了，对方三十二岁，你觉得怎么样？"

"对方是寡妇，总经理夫人过世也七年了，两个人之间并没有什么不妥呀。"

这时你父亲不断抽烟，然后悠悠说了一句："不管是工作还是跟外人见面，总觉得女人的脸在眼前飞绕，没办法定下心来做事。"

我笑着说："你爱上她了。"

他有气无力地反问说："我爱上她了吗？"我其实不相信星岛照孝先生和两年前死了丈夫、正值盛年的餐厅老板娘女儿已经"快要搭上了"。

"喂，我是找你来商量，你觉得我该怎么办才好？"

他这么一问，我便窃笑回答："总经理会变得年轻的。"

大概三周后吧，我又被叫到总经理室。这一次总经理撑着脸颊坐在专用的大办公桌前等我进去。"是谈公事还是那件事呢？"我试着问。"是那件事。"他表示那是个"说者掉泪、听者也掉泪的故事"。"我和女人终于去了旅馆。说是去了旅馆，其实是形式上不得不去。我十分紧张，女人倒是早有心理准备的样子。我以为自己还有办法搞定一两个女人，没想到一旦抱着裸体的女人却不是那个样子。越是紧张就越没有办法。你能想象我那时多难堪吧？我是真的很难过。"

"一定是紧张的关系。尤其是真心爱着对方，更容易出这种状况。下次一定没问题的。"我忍住笑，安慰并鼓励他。

"嗯，我的确是太紧张了。"他抬起眼睛看着我，无精打采地表示。过了一会儿他又恢复总经理的表情命令我说："这件事我只跟你一个人说过，你千万不能对亚纪透露！"

我不知道星岛照孝先生和那名女性之后的发展如何。他只是告诉过我他们之间的一小段而已。我想，关于他跟那名女性之间的诸多回忆，他一定深深地埋在心里，不愿告诉他人。而且根据我单纯的直觉，星岛照孝先生肯定没有再跟那名女性试过。当他低喃"嗯，我的确是太紧张了"时，他的表情就像是犯了大错的少年一样。那是我第一次接触到星岛先生的另一面。

直到如今我依然觉得星岛先生是个亲切、令人怀念的人，而且是个伟大的企业家。这是一件被要求绝对不能对亚纪说的陈年往事。

有马靖明　草字
九月十日

致　有马靖明先生

前略

今天下午，我坐在"莫扎特"窗边的位置展读你的长信。

读完信回到家，清高拿着正在学习的平假名练习簿跑来身边告诉我："好不容易从'a'行学到了'ha'行，今天开始学习'ma'行，练习了'mi'开头的字。"

四方块的练习簿里写着好多个"mizu（水）"。字体歪斜抖动，有些还超出了框外，但都能辨认清楚。下一页写的是"michi（路）"。我称赞清高写得很好，帮他把附着在眼眶周围的水彩颜料擦拭干净。这时，清高说还有一个字，同时翻开练习簿的下一页。上面并列着许多个"mirai（未来）"。

我问："'ra'还没教，为什么老师要你们写'mirai'呢？"清高表示不知道。"那你为什么会写'ra'字呢？"清高回答："老师什么也没说就在黑板上写了'mirai'，好几次要我们一起大声念'mirai、mirai、mirai'。虽然还没学过'ra'字，可是为了知道'mirai'，老师要我们照着黑板的字写呀。老师说'mirai'就是明天的意思。"

写信给你的同时,脑海里浮现出清高所写的"未来"。

我们过去几次的通信几乎都在谈论往事。比较两个人写的信,似乎是我提到往事的次数多了些。但是比起我,你其实更执着于过去吧。你几乎是着迷地拘泥于从十年前那件事所衍伸至今天的所有事。然而过去是什么呢?

最近我才真的认为:我的"现在"源自我的过去。虽然不是什么大不了的新发现,是极其自然的道理,但我从未仔细思考过,所以有种发现新大陆的感受。"过去"的确在累积"现在的我"时产生了极大作用。

那么"未来"会怎么样呢?是否因为我的过去,我的未来已经成了定局、无法改变呢?我不得不认为:不可能,不会这么愚蠢的。因为清高教了我这一点。看着清高,让我感觉到了勇气。感到失望沮丧的时候,看着清高就能让我重新振作,立刻再度涌现斗志!

清高一开始并不会坐立,学会喊爸爸妈妈也花了五年的时间。自己能扣上、解开纽扣更是不知费了多少的努力与时间。清高即将九岁了,学习使用拐杖走路的速度比一年前进步许多,嘴里也能慢慢清楚地说出"红粉蝶、黄粉蝶、白粉蝶"的绕口令,逐渐能够表达自己的意思了。

就连我以为不可能的数字计算,虽然花了很长的时间,他也学会了,现在正在学习二位数加法。我相信总有一天一定能够让清高像个正常人一样,这也许要花十年,不,就算是二十年也无所谓。或许会有超越不了的界限也说不定，但我愿意努力培育清高，就算不是完全正常，也要尽可能让他具有接近正常人的能力，足以自力更生。

就算只会倒茶也无所谓，就算只能将商品放进纸箱里也没有关系。我一定要让清高成为一个能够工作的独立的人，一个尽管只有微薄薪水也能骄傲领取的人。

你寄给我的几封信，让我想了很多。生下清高的，不是别人，就是我自己。这么明显不过的事实，对于我也是一个新发现。

我曾经认为天生背负着不幸来到这人世，或许是清高自己的问题，也可说是他的业。的确，这想法没错，但是有一天，一个新的想法像晴天霹雳般启发了我：其实不单是清高的问题，那也是我身为这种小孩的母亲的业呀！

我错了，有一段时间我怀着恨意，认为都是你的不对。说实在的，我只是迁怒罢了。根本不是别人的错。清高天生的缺陷就是我人生的业，或许也是他父亲胜沼壮一郎的业。想到这里，我不禁要问：我该如何穿越自己的业呢？一切是我自己造成的，面对未来，我又该如何前进呢？不对，就算清高有缺陷也好，我还是应该尽可能让他学习像个正常人，我能做的就是不管如何都要真诚地活好"现在"，不是吗？

身为清高这种小孩的母亲，我绝对不能生活在虚无悲观的世界里。请你好好看着吧！我一定把清高培育成能到别人公司好好工作的人。

一不小心就说到了清高的事，还一副说教的口吻，但请你不要误会，我只是担心你太拘泥于"过去"而遗忘了"现在"。

我又想起父亲说过的话："人会变的。人时时刻刻在变，是很奇怪的生物呀。"父亲说得没错。你"现在"的生活方式肯定会带给你的未来更大的改变。往者已矣，过去的事情不复可追。但是过去依然存在，它成就了今天的自己。相信你和我也已经意识到"现在"存在于过去和未来之间。

请你千万不要以为我在说教而生气撕了信，我是真的很关心你。之前你在信上提到令子所说的话让我十分不安。她说"人家觉得你可能会死嘛"，我想令子一定很了解你，就算你嘴上不说，她也很清楚你这个人。

哦，请你千万不要寻死。只要一想到这点，我的胸口简直就要撕裂了。你为什么要到岚山去？又为什么要去住在"清乃家"那个出过事的房间呢？简直就像是个二十岁的感伤青年，不是吗？而且居然还明目张胆地通过女服务生的话来告诉我濑尾由加子是多么美丽的女性……

这件事暂且不提。令子所想到的生意，我觉得应该会成功吧。我的直觉很准，你是知道的。的确是有趣而且没人想到的新商机。

虽然做生意和生活的重要资金少掉了九十八万六千

日元，损失不小，但是拿你和金钱相比，令子应该一点也不觉得可惜吧，所以她才毫不吝惜地把钱交给讨债的男人。

我十分赞成你从事这个以美容院为对象的新事业，我有预感你们很快就能争取到一百五十家客户。就算客户增加的速度不是很快，只要努力累积，相信总有一天能达到一百五十家的目标。你能想象清高在能够用语言表达自己的意见之前花费了多久的时间吗？希望你也能像清高一样一步一步慢慢来。想得悲观一点，跑了一个星期总会找到一家店愿意跟你们签约吧。一个月四家、一年四十八家，三年就能达成目标了，不是吗？只要三年呀。

这之间或许会有资金的问题，也可能遇到意料外的障碍，但我相信令子是个坚强的女性。在她沉默温和的性格底下，其实潜藏着大阪女子坚毅不拔的韧性，她一定是这种人，不会错。她一定比你更坚强、更执着，而且对你的爱十分强烈。我知道的。不对，应该说只有我才知道。

每次当你叫苦连天地抱怨，打算放弃才刚开始的事业，令子就会出面帮助你。她就是这种日久见实力的女性。我真心诚意为你祈祷。虽然我没有信仰，不知道该向谁祈祷，但我还是衷心祈祷。对了，我要向宇宙祈祷，我要向永恒无止境的宇宙祈祷，祈祷你的生意成功、祈祷你有幸福的未来。

请继续回信给我，我诚心期待着。请务必回信给我。

胜沼亚纪　谨上
九月十八日

　　附记：我居然忘了写。你在回信的一开始写到我是可爱的妻子，虽然出身大小姐有些任性，但仍不失为一种魅力。读信的时候，我不禁脸发烫了。既然你有我这么可爱的妻子，为什么还要跟其他女性维持一年的关系呢？你说这就是男人的本性，我实在无法苟同。之后你提到对我现在的丈夫的一些意见，其实我自己最清楚。

　　对胜沼而言，我并不算是个好妻子。至少我没有把他当作丈夫一样爱他。所以你的短暂梦境，对我而言却是多么悲伤的梦境。

　　还有那件对我来说是惊天动地的往事，读到父亲的恋情，我不禁惊讶于男人这种动物不论活到什么岁数还是目眩神迷于美丽的女性。可读着读着又觉得好笑起来。不过我要谢谢你，因为我一直以为你十分怨恨我的父亲。

致　胜沼亚纪女士

前略

过去、现在、未来……你充满说教意味的一番话，我会当作是你的真心话；同时也当作是抚养清高这种天生有缺陷的孩子的母亲，一个过去甚至今后还要继续努力奋斗的女性所提出的规劝。实际上我已经快三十八岁了，行事却还像个毛头小伙子。

诚如你所指责的，我实在不知道为什么要去"清乃家"那个房间住宿。就因为我是这种男人，这十年来我不断沦落，就像是丢弃在臭水沟里的破鞋一样。

然而我现在很努力地工作，而且是走遍整个大阪市地努力工作。

每天早上九点将样本刊物、简介和订合同需要的订阅单等数据塞进公文包，令子也和我是一样的装备，两个人一起前往车站，然后分道扬镳，各自搭电车迈向当天预定的区域。

大阪市内由令子负责，郊外的枚方市、寝屋川市、堺市一带是我的活动范围。由于最近几乎大部分的路边都禁止停车，常常在美容院内说得正在兴头上，车子已经贴上违规停车的罚单。偏偏美容院又多半在商店街、车站前面热闹的区域或车子开不进去的巷子里，于是我们有了结论：与其开车，不如走路跑外务要方便许多。

我一边手拿着地图走路，一边东张西望寻找美容院招牌。一发现美容院，首先观察店面外观。那种玻璃肮脏、不太像是有心招揽客户的商店，就算再大间，通常对我们的宣传刊物也不太会有兴趣。反而是那种店面不大，尤其是老板一个人苦心经营、在店门口和墙上贴满流行发型的模特儿照片或挂上"周末假日以外九折优待"等海报的小店，一开始会困惑，但只要我们热心说明，对方就会显得有兴趣，然后表示"那就试订一个月看看"，愿意在订阅单上签名盖章。

一天大约要洽谈二十家美容院。如果那一天一家都没谈成，两脚便感觉特别酸疼。有一次在场末的一家小美容院，胖得像头猪的老板娘听着我说明，突然生起气来。我觉得很惊讶，后来她才迂回婉转地要求我应该称呼她"老师"。我实在难以理解，不过是家小美容院的老板娘，为什么非要人叫她老师才甘愿呢？"这是美容业界的规矩，美容院的老板就该称为老师。"她狠狠地教训了我一顿，最后竟然拒绝了："花二十日元买张破纸给客人，未免太浪费了。"

从此，不管进入什么样的美容院，不管对方看起来是否像个员工，我都先问："请问是老师吗？"有时候花了一小时紧迫盯人，眼看老板就要签约了，旁边杀出年轻的实习生说："客人收到这种东西也不会高兴的。老师还是不要吧。"因为这样而推销失败的情况我就遇过好几次。可是也有上午走进三家店，三家都跟我签约的好事情。

就这样跑了三个星期，我穿破了一双皮鞋。两只鞋子的鞋底都是大脚趾的位置破洞，脚跟部分也烂得可以。为了跑业务买的新鞋子，才三周就报销了，不过我那一向松软无力的腿却变得跟登山家一样矫健。

这三周，令子签了十二家，我签了十六家的新合同，加上上个月的二十六家，已经增加为五十四家了。此外，以邮寄方式寄给近畿一带五百家美容院的宣传资料，也有十二家店表示愿意订阅，加起来就有六十六家店了。

我觉得这种找寻美容院的过程简直跟人生是一样的道理。有时站在十字路口考虑要往哪个方向前进，于是决定向右转，渐渐地发现路上的行人越来越少，好像来到了工厂区。心想这里应该不会有美容院，但已经走了相当的距离，不可能再走回去，只好呆呆地沿着工厂的路继续走下去。好不容易来到像是闹街的路上，天色已暗，偏偏又不知道自己身处何处，该走哪条路回家。最后往往按捺住想当场坐下来休息的冲动，身体疲惫地踏上归途，不再继续探访美容院。

有时在十字路口，决定好往哪个方向移动后，没走几步路就发现到处都是新盖的住宅，立刻遇见新开张的美容院，轻松谈妥订阅事宜。向左走向右走，一如人生的选择。每天我都抱着这样的感慨，继续走在打拼的路上。

送货到六十六家店就不得不开车子了。上个月只花了一天就送完货，这个月则花了三天。送完货后，我足足休息了三天。之后我又去书店选购适合宣传刊物的参考书籍，回到家看见令子低着头坐在书桌前，一脸不太对劲的神情。我问她怎么了，她也不回答。等到我躺下来看电视，她终于忍不住开口问"胜沼亚纪是谁"。

我吃惊地看着令子。我将你寄给我的信都收在自己桌子最下面的抽屉里。以前令子在超市上班，整天在家鬼混的我不必在意她，总是随便到信箱拿你的来信。但是自从两个月前令子投入这个新事业后，我便跑去拜托担任管理员的大妈，请她偷偷地将我的信取出来，私下再交给我。为此我还塞了一张五千元大钞给她，大妈露出牙齿一笑，答应了，所以我不知道令子是怎么发现的。

看我沉默不语，令子从我的抽屉里拿出整叠你寄给我的信，放在我面前。从今年戳印一月十九日开始的七封信，每一封信都厚得吓人，一封接着一封寄来。"究竟这个叫作胜沼亚纪的女人是谁？"令子质问我。

信都开封了，令子只要读过就应该知道答案，所以我判断她应该还没看过。令子大概是忍着不读，等着我回来吧。

"第一封信署名是星岛亚纪，第二封信以后都是胜沼亚纪，到底这个女人是谁？"她想知道关于你的事。

"你嫉妒了吗？"我笑问。

令子抬起眼睛看着我："人家才不嫉妒。"

"信都拆封了，你为什么不偷偷先看一下呢？"

令子低着头说："人家才不会随便读别人的信……"

我从来没有跟令子提过半句自己的过往，只有那次开车跑外务时，说到过以前住在生野区。我看着你信上的邮戳，按照寄来的顺序排好，告诉令子可以读这些信。在这里我必须向你致歉，没先征求你的同意便擅自把信拿给别人看。我认为，一旦读完你写来的几封信，就算我不明说，令子应该也能明白一切吧。

七封都是很长的信。令子坐在桌子前读起信来，这段时间我则一直在看电视。之后我心想她该要做晚饭了吧，却见令子专心读信，读得入迷了。"我去外面吃个饭，可以吗？"令子眼不离信地低声回答一句："嗯。"

我在附近的餐厅用过晚餐后，又到车站前的咖啡厅喝了杯咖啡。三十分钟后觉得有些无聊，我向咖啡厅老板借了纸和笔，思考今后要以什么样的行销方法达到一百五十家客户的目标、下个月的宣传刊物要放些什么内容，同时记录目前亏损的金额和剩下的储蓄各有多少。

我一只手撑着头，看着写在纸上的数字，想到自己很久没去理发厅了，明天该去剪头发了。随即又灵机一动想到：同样的方法不也可以用在理发厅的宣传刊物上嘛！操作方式是一样的，既然是理发厅，只要将内容改为以男性为阅读对象就好了。没错，不只是美容院，理发厅也行。不过不必心急，等美容院这部分上了轨道，赚的钱够吃饭以后再说吧。

我走出咖啡厅，经过公寓门口，穿过小巷朝印刷厂走去。写有"田中印刷"字样的玻璃窗紧闭，窗帘也拉上了，但是工厂的灯光亮着，听得见机器转动的声音。我拉开玻璃门，看见手上戴着沾满黑色印刷油污手套的老板正在检查墨彩淋漓的凸版。

"还在忙呀？"

身材矮小、满头花白头发、不时眨着小眼睛的老板停下手边工作，亲切地笑着打招呼："欢迎光临。"地面上到处是油墨罐、试印的废纸，让人不知道脚该往哪里踩。空气中充满油墨、纸张的味道。钉在墙上的直条木箱里塞满了好几千个铅字，在日光灯的照射下闪闪发亮。

老板从屋里搬来椅子要我坐下，边脱下手套边说："这个月又增加了四十家呀。照这个样子下去，马上就能做到一百五十间了。"

我道谢说："细节的部分都要感谢老板处理得很漂亮。"

"我认为你们能做到五百家。五百家店就是十万份，况且有些店家一次拿两百份根本不够，少说也要拿四百份、六百份吧。超过十万份的话，现在一份七日元的成本就能降到五日元。像你们这样能付五十万现金的客户，我们这种小印刷厂去哪里找呢？你们可不能换别家印呀。"印刷厂老板一脸认真地表示。于是我将刚才在咖啡厅想到的主意透露给老板知道。

"这个主意不错呀。"老板拍了拍膝盖表示赞同，"到处跑美容院，当然也不能忘记了理发厅。说不定理发厅订阅得更多。

"最近理发厅也多了，以前那种做生意的时代已经过去了。你一定要试试看！其实一开始我也怀疑，会赚钱吗？可是看了你们的发展，也不得不改变想法。"老板双手盘在胸前，对着天花板低声说，"理发厅五百家，美容院五百家，合起来就是一千家。那就是二十万份呀！"他爬上店里的楼梯，从二楼端出啤酒和杯子。我们边喝啤酒边聊了将近一小时。因为想早点告诉令子这个主意，便向想留住我的老板道谢告辞。

走路的时候，我心中想着：一千家呀。慢慢来吧，十年一定做到一千家。想到十年的岁月，我就像是个只剩一球定胜负的投手一样，不禁感慨万千。

令子离开了桌前，靠在房间一隅的墙边继续读信。我偷偷上前一看，快读完你第四封来信了。

"难道打算一口气读完吗？晚饭不吃了吗？"令子只是"嗯"地回答一声，连头也不抬一下。我自己铺好棉被，换上睡衣后躺下，打开了电视。

令子趴在我的被窝旁边阅读第六封和第七封来信。她读完信，已经是十二点左右了。

她将整叠信放回抽屉里面，站起来关掉房间的灯，然后打开厨房的灯，从冰箱里拿出剩菜当晚餐吃。我关上电视，站起来坐在令子旁边的椅子上，点起一根烟。令子哭了，边哭边大口吃着凉拌豆腐、美乃滋火腿片配白饭，不时以手背拭去泪水，吸吸鼻子。不管怎么擦拭，泪水还是从令子圆圆的大眼睛流出来，沿着雪白的脸颊滴到桌子上。

吃完饭，令子还是边哭边洗碗、洗脸刷牙、换上睡衣、在我的被窝旁边铺上自己的棉被，一句话也不说地躺下，把棉被整个蒙在头上。

我一个人呆坐在厨房椅子上，看着躲在被窝里一动不动的令子，过了一会儿才起身靠近她。慢慢掀开她蒙在头上的被子，令子张开眼睛，继续在被窝里面哭泣。

我问："为什么哭成这样呢？"令子睁着红肿的眼睛看着我，手伸过来将我拉进被窝，以指尖轻抚我的伤痕。

令子只是读了你寄来的七封信，并不知道我写给你的那五封信的内容，但是她却紧紧抱住我说："人家喜欢你以前的太太。"她说了这么一句，之后不管我跟她说什么，她都不回话。我从令子的被窝里爬出来，拿出抽屉中你的信放在厨房餐桌上，一个人沉默地抽着烟，凝视着堆成叠的七封信。

你曾经写过：早就知道我们之间的书信往来总有一天必须结束。我看着躺在被窝里不知道是睡着了还是打饱嗝的令子，心想，是该结束的时候了。

　　我想这封信将是我写的最后一封信。这封信投进邮筒后，我将继续朝着下一个目标：寝屋川市的美容院，大街小巷地前进开拓。也许几年后，我会在阪神电车的香栌园车站下车，经过那令人怀念的住宅区，也可能经过你位于网球场前面的家。我会悄悄地眺望你的家，眺望那棵古老巨大的金合欢树，然后又悄悄地离去。祝福你生活平安幸福。我也衷心地祈祷清高将如你所愿地长大成人。

　　　　　　　　　　　　　　　　有马靖明　草字

　　　　　　　　　　　　　　　　十月三日

致 有马靖明先生

前略

我坐在网球场的藤花棚架下，享受着温暖安详的秋阳，展读你最后的来信。眼前浮现出你一只手拿着地图穿梭在大街小巷的情景。

读完你的信，我心想这也该是我写的最后一封信，却因为不知道该如何下笔而延宕了好几天。

十月过去，进入十一月，我还是无心提笔。那一天是星期四，一个日暖晴好的近午时分，父亲难得说要休息，不上班了，然后坐在庭院里看树。突然，他说要去为母亲扫墓，问我要不要一起去。那天并非彼岸日或母亲的忌日，但我还是想一道前去。

我拜托育子在三点半校车到达车站前时去接清高，并赶紧去换衣服。父亲打电话给公司，叫车子开到家里，然后拿出一套定做之后一次也没穿过的橄榄绿色西装。"我觉得颜色太鲜艳了，你看怎么样？"我倒是觉得那套西装很适合父亲。我和父亲等待车子开来期间，只随便吃了点东西，因为父亲说："扫墓之后带你去吃大餐，午餐先简单垫点肚子。"

你也曾经和我及父亲一起去为母亲扫墓。记得那时候我们新婚不到一个月，做完母亲第七年的忌日法事后，我们三个人一起到山科那个包围在树林里的小墓园祭拜。山科是母亲出生的地方，父亲特意选购了墓地，将母亲埋骨于那里。

听见司机小堺的声音，我和父亲出门上车。父亲对小堺说："载我们去山科吧，我们要去给我太太扫墓。"小堺当爸爸的司机已经有十五个年头了，十月上旬他的长女才刚举办结婚典礼，听说次女也预定在明年一月完婚。我对他表示："好快呀。"小堺边开车边说："我都快破产了。"我问他，为什么两个女儿紧接着出嫁呢？父亲笑着替小堺回答说："不赶快结婚，小孩都要生出来了。"我也笑了。小堺一只手轻敲自己的头，害羞地苦笑说："已经七个月大了，快的话，举行婚礼的一月十日之前说不定会出生。我就是担心这个呀。"

车子下名神高速公路进入京都，沿着国道往山科的方向开去。我看见一家花店，要小堺停下车来，父亲却说："不必买花了。看见坟前干枯的花朵反而觉得难过。就算供新的花朵，不久也会枯萎。我最讨厌人家在坟前供花或是供糕点。"

于是车子继续开动，父亲自言自语地说："坟墓不需要什么装饰，只要刻上名字就好。"不久，看见了田园，我们驶进农家并列的山村里。车子开在蜿蜒的山路上,穿越树丛的包围继续前进。父亲说:"又到了红叶漂亮的时节。"

墓园设在小山丘的斜坡上。寂静的墓园迎着风,隐藏在无数树木缤纷的叶片下。墓园的入口有一间小屋,里面坐着一位老人。那是间供人遮风避雨、仅能容纳一人的小屋,里面传来浓烈的燃香味,里头摆着蜡烛、线香、小水桶、勺子。

我们借了小水桶和勺子,带着汲满清水的小水桶爬上墓园的低缓山道。小堺也下车说要一起祭拜,尾随在我们身后。母亲的墓碑位于墓园最上方,小型墓碑上仅刻着"星岛芙美,殁于昭和三十八年十二月十四日"。

落叶铺满墓碑四周,我走下斜坡,到老人所在的小屋借来竹扫帚和畚箕。我正要打扫母亲墓碑周围,父亲制止了我:"这样子就好。不管怎么打扫,枯叶还是会掉满地,没完没了。始终都有风吹雨打、埋藏在落叶中、爬满了青苔……所以这样子就好。"父亲也没把水桶里的清水浇在母亲的墓碑上,只是静静地看着墓碑。我向父亲借打火机:"至少烧炷香吧。"父亲生气地表示:"烧三炷香就好了。一次烧太多香,墓碑都给熏黑了。"于是我听从父亲的话点燃了三炷香。

如果母亲还活着,尽管出了那件事,她还是会反对我跟你离婚吧。母亲在我十七岁那年过世,所以她完全不认识你,可是我就是有那种感觉,不禁入神地盯着落叶覆盖的小型墓碑。再怎么说些"如果""假使"的话也无济于事了，尽提些无济于事的话题就等于是抱怨发牢骚了。这三十五年来，说到我所失去最贵重的是什么，应该就是母亲和你了。可是我注视着墓碑，心中同时想到你最后一封来信，不禁感觉失去了更多。我、父亲和小堺没有交谈半句话，在坟前站了将近二十分钟。等到燃香的最后一丝浓烟散去，父亲才说："我们走吧。"

回到车上，父亲跟小堺说："我们去那里吧。"车子没沿来时路开回去，而是继续沿蜿蜒的山路走。树木益发深绿，正当我心想车子要开往哪里时，我们已经来到大门壮观的高级餐厅前。店名叫作"志乃田"。看似和爸爸很熟的领班出来迎接，引领我们走进屋内。不论是摆设还是建材，从每一间包厢都能观赏到庭园的设计，不难想见这家餐厅花费了多少金钱和时间才建好。父亲也邀请小堺一起用餐，但是他客气婉拒了，说已用过午饭，想一个人留在车里听收音机。

光是庭院就有一千坪左右吧。造型简洁但照顾得宜的大树、满覆青苔的岩石，构筑出风格调和的庭园景观。

一位身穿和服的女性立刻出来向父亲和我打招呼，她看来年纪与我不相上下，或许长我一些。父亲向我介绍："这位是老板娘。"接着也向对方介绍说我是他女儿，请对方准备老菜式。

我故意娇嗔说："原来爸爸有这么一个秘密的家呀。"

父亲解释说："这里是招待客户的场所,大约从五年前开始光顾。这位老板娘背后可是有大财主支持,名字是谁我就不知道了。"

接着送上京都料理,老板娘从容应对,将菜肴一一端上桌。我则利用这段时间欣赏庭院里那个红叶灿烂、万绿丛中一点红的角落。

老板娘离去后,父亲问我:"你觉得那女人怎么样?"

"不论是和服或是腰带,她身上穿戴的都很华丽,人又长得漂亮。"

"那个女人很有钱、人也漂亮、头脑又好、会做事,就是声音不好听。"

"声音不好听又有什么关系呢?"

父亲正色说:"声音当然重要,足以显现出一个人的本质。"还补充说好的医生能从声音微妙的变化听出当天病患的健康状态。"那个女人的声音没有气质。"父亲拿筷子夹起盛放在漆器里的京都料理,说完后脸上一笑。

用完餐后水果,过了一阵子,父亲指着庭院对面说:"那里有石阶,走到最上面是座小神社,从那里眺望红叶堪称一绝。"然后穿上餐厅方便客人走出庭院的拖鞋说,"亚纪,你也一起来。"

我感觉父亲大概是要跟我说什么话,于是随他一起踏上庭院,走在他的身后。

一如父亲所说,大松树后面是一道长长的石阶。我们一起踏上那道两人并行稍嫌狭窄的石阶。石阶很长，爬到尽头几乎喘不过气来。我和父亲拿出手帕铺在石头上坐着歇息。我静静地看着父亲的背影，试着问道："是不是该退休了？"

"活到这把年纪总算才知道工作的滋味，开始有了做事才算活着的感觉。我还要继续做下去。"父亲看着茂盛的红叶，沉默好一阵子才又说话，"我听育子说，前一阵子你收到很多信，上面都是不同的女人署名，每一封信都很厚。大约是一个月前吧，那一天我中午出门上班。车子来到大门口接我，我因为看见信箱里有信便拿了出来。是寄给你的信，上面署名滨崎道子，我就把信交给育子，然后上了车。"

说到这里，父亲回过头来看着我，悠悠地说了一句："很令人怀念的笔迹。"

我和父亲默默无言，四目相对了好一阵子。终于父亲先开口说："有马现在怎么样？"我原想对父亲全盘托出，却又不知从何说起，于是把一年前在藏王和你偶然相遇、之后我们开始通信、那件事情的经过、你和濑尾由加子的关系、现在从事的新事业等，不按照顺序、支离破碎地一一说明。说话时声音颤抖，眼泪忍不住扑簌而下。父亲语气沉稳地安慰我说："慢慢说，不要激动。"

说完后，我的心脏跳动得很激烈，久久不能平复。父亲沉默良久，眼睛看着下方问我："胜沼在大学领的薪水有没有交给过你？"我答道："有。"父亲一副若有所思的样子，突然说了一句："那家伙和有马不一样，简直一败涂地。"

父亲说他调查了胜沼。"他在神户有个女人，你应该早就知道了吧。两个人已经有个三岁的女儿。"父亲点了一根香烟继续说，"他大概有做兼职筹钱吧。你讨厌胜沼吗？不可能喜欢上他吗？"不等我的回答，又语带生气地表示，"想分手就分手好了，那是你的自由。没有必要跟讨厌的男人共度一生。他是我硬要你嫁的男人，我实在不会看人。你总是因为我而吃尽苦头。"说到这里便噤口不语。

我控制住声音的颤抖，好不容易开口说："是我让胜沼变成那样的。结婚之后吃尽苦头的人是胜沼。可是我真的就是无法喜欢上他。"

之后我也沉默了好长一段时间。父亲眺望着红叶，身体动也不动地保持沉默。我心中想着胜沼的事。在过去几封信中，我故意不太提自己的丈夫胜沼壮一郎。这现象已经说明了我对胜沼的心意。可是胜沼绝非坏人，身为清高的父亲，尽管嘴里没有明说，他所持有的哀怜心情与爱意其实并不亚于我。

他成日阅读有关东洋史的艰深书籍，不论是对自己的研究还是大学里听讲的学生，都很真诚。为了锻炼清高，我常常看见他在庭院的草地上很有耐心地与清高玩接球的游戏，之后也一定会盘腿坐在客厅地毯上，抱着清高聊父子之间的体己话。为什么我就是无法喜欢这样的人呢？我究竟是抱着怎样的心情看待胜沼的呢？

我想到：万一父亲过世了怎么办？父亲即将七十一岁了，我不知道他能否长寿到看清高长大成人。我看着背对而坐、身穿橄榄绿西装的父亲，脑海中却浮现和清高说话的胜沼的脸。我感觉喉咙有着强烈的压迫感，坐立难安。黄昏巷道里，胜沼和那个女大学生在人家门口拥吻的身影——是的，不是他们实际的形体，而是黑影闪过我的心中，这时我才头一次感觉到对胜沼有一种类似爱情的情愫。

我站起来环视周围的蓊郁树林，好几百种红色、好几百种黄色，还有好几百种绿色、褐色，在秋阳中舞动。我对父亲说："我要跟胜沼分手，好让胜沼解脱，让他成为那个女人的丈夫，让他成为那个三岁女孩的父亲。我不再结婚了，我要努力养育清高。爸爸，请帮助我。"

父亲又抽了一根烟，将烟蒂丢在地上捻熄。父亲回过头看着伫立的我，微微一笑说："好。"然后起身往满是青苔的长石阶走下去。

为了写这封信，我将你寄给我的来信又重读了一遍，许多事浮上心头。每一件心事都如绫罗绸缎，无法诉诸文字。只有一件事我要明写出来。曾经看过自己生命本质的你写道：因此对生存感到害怕。可是说实在的，你难道不也发现了走在你说短也短、说长也长的人生路上所需要的最重要的粮食吗？

该如何结束写给你的这最后一封信呢？我握着笔不知如何是好。我不知道为什么会从莫扎特的音乐中想出那句话："生和死或许是同一件事。"好像突然从天而降的一句话似的，可是这句话偶然放在信中却成为你教会我懂得许多事情的引信。而那是我绝对没说过的话，是"莫扎特"老板误以为从我嘴巴说出来的话。那句"宇宙奇妙的造化、生命奇妙的造化"，如今深深地带给我类似恐惧的情怀。

　　以刀子割喉自尽的濑尾由加子；看着死去的自己而又死里逃生的你；年事已高反而更加投入工作的寂寞父亲；和别的女人拥有另一个秘密家庭、生有三岁女儿，或许也很烦恼如何做好人父的胜沼壮一郎；在你看着猫吃掉老鼠的同一时刻，坐在附近大理花公园的长椅上眺望无垠星空的我和清高。我们的生命中隐藏着多么不可思议的法则呀。

　　继续写下去也许没完没了，终于还是到了该搁笔的时候。我将对着这个宇宙祈祷，对着这个拥有奇妙法则的宇宙祈祷你和令子的生活幸福美满。当我将这些信纸放入信封、写好名字、贴上邮票之后，我将播放好久没听的莫扎特第三十九号交响曲。再见了，请好好保重身体。再见。

胜沼亚纪　谨上
十一月十八日